高度数十メートルのところで、麻痺銃（スタンナー）が彼をとらえた。痛みも[illegible]ーマンの全身の筋肉が、とけたゼリーみたいになった。はっきり意識はあ[illegible]もなく、彼はそのまま地上への落下をつづけた。

新来の船の大ぶりなエアロックから、三人の人影が現われ、一[illegible]かった。地上に激突する前に、うけとめてくれたのだ。マンの知らない[illegible]をたたきあいながら、その三人は彼を地上へと曳いていくのだった。

デスクを前にした男の頭には船長の制帽、そして顔には陽気[illegible]しろヴェリノールが足りんのでね」彼は通商用語でいった。「必要とあ[illegible]べく節約したい。あいつに不愉快な副作用があることは、あんたも聞い[illegible]

「ああ、よくわかるよ」と、マン。「わたしがうそをついていると感づいたら、すぐにそれを使うということだろう」それをまだ注射されていない以上、単なるこけおどしだろうと彼は確信していた。この男はヴェリノールなど――もしそんなやくざなしろものが実在するとしても――持ってはいないはずだ。

しかし、手も足も出ないことに変わりはなかった。旧型を改装したこの船には十人以上の乗員がおり、いっぽうマンのほうは、まだ立ちあがれるかどうかもおぼつかない。音波麻痺が、すっかりぬけきっていないのだ。

　彼をとらえた男は、満足げにうなずいた。大柄で、横幅も身長に劣らずあり、象の筋肉のような隆々たる肉づき。まるで漫画の高重力惑星人だ。ジンクス星の出身であることはまずまちがいない。その体軀のおかげで、ただでさえ手狭な船内オフィスが、棺桶に毛のはえたくらいの大きさに感じられる。この乗員たちの中でなら、命令をくだすのに、船長の制帽など無用だろう。船殻の金属を蹴とばして穴をあけることも、あるいは武装したクジン人をおとなしくさせることさえできそうだった。

「のみこみが早いな」と彼。「けっこうなことだ。あんたと、この惑星について、質問したい。正直に、あらいざらい話すんだぞ。もしこっちの質問がプライバシーにかかわるようなら、そういうがいい。しかし忘れるなよ。納得がいかない場合には、ヴェリノールを使うからな。年齢は？」

「百五十四歳」

「もっとずっと年寄りにみえるが」

「二十年ほど、細胞賦活剤（ブースタースパイス）を切らしていたものでな」

「そいつは気の毒に。どこの生まれだ？」

「ウンダーランド」

「だと思ったよ、その棒っきれみたいな体格ではね。名前は？」

「リチャード・ハーヴェイ・シュルツ＝マン博士だ」

「リッチ・マンってわけか？　本当に金持ちなのかい？」

ジンクス人は、駄洒落の天才だ。「いいや。研究で名を成したら、スレイヴァー帝国について本を書く。そうしたら金持ちになれるだろう」

「なら、そうしとこう。結婚してるのか？」

「なんどかした。今はひとりだ」

「なあ、リッチ・マン。こっちは本名を明かすわけにはいかないが、なんならキャプテン・キッドとよんでくれてもいい。そのあご髭だが、いったいどういう意味なんだ？」

「非対称髭を、見たことがないのかね？」

「ないよ、おかげさまでね。どうやらあんた、顔の下半分をぜんぶ、その山羊髭みたいなのだけ残して、剃っちまったらしいな。それでいいわけかい？」

「そのとおりだ」

「じゃ、わざとやってるのか」

「馬鹿にしないでほしいね、キャプテン・キッド」

「こいつはまいった。ウンダーランドじゃ、そういうのが流行ってるのかね？」

マン博士は、無意識のうちに、いずまいをただした。「これをきちんとしておく時間と手間をいとわぬもののあいだではな」右のあごに生えている、ワックスでかためた髭のさきをひねりながら、彼はわれ知らず悦にいっていた。顔の中で、ここだけがまっすぐな毛だ——残りのあご髭は短く刈りこまれ、ちぢれている——しかもそれは、ちょうど片方の白い毛の部分なのだ。マンにとっては、自慢のあご髭だった。

「それほどのものとは、とても思えんがね」とジンクス人。「要するに、有閑階級のシンボルみたいなもんじゃないか。この鯨座ミラTで、なにをしてるんだ？」

「スレイヴァー帝国の一側面の研究だよ」

「じゃ、あんたは地質学者なのか？」

「いや、異星生物学者（ゼノバイオロジスト）だ」

「そりゃなんだい」

「スレイヴァーのことを知っておるかね？」

「少しはな。かつて、銀河系のこの一帯に住んでいた種族だ。ある日、奴隷にされていた種族が、圧制に耐えかね、戦争になった。それが終わったときには、全部が死にたえていた」

「けっこうご存じのようだな。だが、キャプテン、十五億年というのは、長い時間だ。いま、スレイヴァー族が存在したことの証しは、ふたつしかない。停滞（ステイシス）ボックスとその中味、ほとんどが武器のたぐいだが、記録も出てきている。それから、生物工学に長（た）けた奴隷のトゥヌクティプ族がスレイヴァーのために開発した植物や動物だ」

「それは知ってるぞ。ジンクス星の大洋の両岸には、バンダースナッチがいる」

「肉用動物のバンダースナッチは、特別なケースだ。彼らは突然変異をしない。染色体が、きみの親指くらいもあるために、大きすぎて放射線の影響をうけないのだ。それ以外の、トゥヌクティプ工学による遺物は、みんなそれと見わけられないほど変異してしまっている。そのほとんどがね。過去十二年のあいだ、わたしは生き残っているものをさがしだし、分類してきた」

「一生を楽しく過ごす道とは思えないね、リッチ・マン。この惑星に、そのスレイヴァーの動物がいるのか？」

「動物ではなく植物だ。もう外へは出てみたかね？」

「まだだ」

「では、出るとしよう。案内するよ」

船はじつに大きかった。どうやら居住バブルはないらしく、したがって、生活システムはぜんぶこの金属の船体の中におさまっているのにちがいない。マンは、ジンクス人の前に立って、塗装されていない長い廊下を歩いてエアロックにはいり、気圧がわずかにさがるのを待ち、それからエスカレーターで地上におりた。音波による麻痺はもう消えていたが、まだ逃げる気にはなれなかった。ジンクス人は、愛想はいいが油断はなく、ベルトからレーザー灯をさげているし、周囲にはその手下どもがいるし、リフトベルトも取りあげられている。リチャード・マンは、向こう見ずのドン・キホーテではなかった。

どこまでも赤一色の世界だ。彼らの立つ埃っぽい平地には、てっぺんが黄色い奇妙な灌木がまばらに生えていた。そよ風にのって、地上を根なし草（タンブルウィード）のようにころがっていくものがあり、それはよく見ると、その灌木の黄色い頭部がかわいたものだった。ほかに生命らしいものはなにも見えない。大（ビッグ）ミラは、そのぼやけた半円形の燃えたつ雲のような姿を地平線上にすえ、目を細めなくても見つめていられるくらいの明るさになっている。血の色をしたこの赤色巨星の円盤像を背景に、鋭い黒のシルエットをなして、三本の細長い、とてつもなく高い尖塔が立っている。どれも不自然なほどまっすぐに整ったかたちで、それぞれの基底部は、目もあやな黄色い茂みに取りまかれている。船の乗員たちは、走ったり、歩いたり、空中に浮かんだり、まにあわせルールの野球をやっているものもいれば、働いているものも、また勝手にひと息いれて休んでいるものもいた。船長以外にジンクス人はひとりもおらず、また、マンのような低重力惑星の体格のものもいなかった。何人かが自在（ヴァリアブル）ナイフの細い針金のような刃（やいば）で、まっすぐな灌木を切り倒しているのに、マンは目をとめた。

「これだよ」と彼。

「この木が？」

「そうだ。これはかつて、トゥヌクティップ族の〝ステージ樹（ツリー）〟だった。本来のかたちはわかっておらんが、古い記録によると、スレイヴァーは、反乱より何十年か前に、これを使うのをやめたという。ところで、あの連中は、わたしの船でなにをしているのか、うかがいたいものだな」

　エクスプローラー号の観音びらきになった船首から外へひろがっている居住バブルは、船そのものよりも大きいくらいだった。気圧でピンと張って周囲の外界を遮断し、自然の大気内にあるどんな化学作用もうけつけないこの透明物質のドームは、あらゆるキャンピング宇宙船についている標準設備である。マンはその中で、何人かの二本脚の姿が、意味ありげに動きまわり、観音びらきの扉（クラムシェル・ドア）をとおって船本体の中へおりていくのを、見とがめたのだ。

「なにも盗みはしないよ、リッチ・マン。あいつらには、駆動部や、通信機の部品を少々とりはずすようにいってあるだけさ」

「とりはずしたものをこわさぬよう、それだけはお願いするよ」

「こわしたりはしない。ちゃんと命令してある」

「つまり、わたしが誰かをよびよせたりすると困るというわけか」と、マン。ふと、数人の男がステージ樹（ツリー）でキャンプファイアの用意をしているのが目にとまった。まるで喬木（きょうぼく）のミニアチュア版のような、高さは一、二メートル、幹は細くまっすぐで、上端にタンポポの花のような扁平なかたちに、あざやかな黄色の葉をこんもりと茂らせている。東のほうにある丸みをおびた低い山々から、西方の海にいたる、この赤い平野全体にその黄色い頭が散在していた。人びとはその頭の茂みと根とを切り落とし、その丸太を、根なし草(タンブルウィード)みたいな枯れた茂みをあつめた上に、円錐形をなすように積みかさねているのだった。

「ウンダーランドの警察を呼ばれると困るんだよ。われわれをさがして、このあたりの空域に出てきているんだ」

「べつに事情を聴こうとは――」

「いやいや、あんたには知ってもらわなければならん。われわれは海賊なのだ」

「冗談だろう。キャプテン・キッド、もし海賊行為がひきあうようなやりかたをひねりだすだけの頭があったら、株式に手を出せば、その十倍ももうかったろうに」

「なぜかね？」

ジンクス人の、からかうような声音と上機嫌な微笑。よかろう。これでステージ樹(ツリー)から気をそらせておける。マンは答えた。「なぜなら、超空間(ハイパースペース)で船をとらえることはできないからだよ。狙った船にコースを合わせるためには、居住者のいる惑星系にはいるのを待たなければならん。そうすれば、たちまち警察がとんでくることになる」

「居住者のいる惑星系で、警察のいないところを知ってるのさ」

「ふむ、そうだろうとも」

とくに目当てもなく、ふたりはぶらぶらと、エクスプローラー号のエアロックに近づいていった。そこでジンクス人は、赤い平原のかなたをふりかえり、その地平で、まるで巨大な山火事のようにみえる大ミラの三日月形がちぢんでいくのを見つめた。「あの尖塔はなんなのか、気になるなあ」

「あ、ちょっとした謎だよ。わたしも気になっていながら、検分にいく機会がなかったのでな」

「気になって当然だよ。どう見ても人工物みたいだ」

「しかし、スレイヴァー族の遺物にしては、十億年ばかり新しすぎる」

「リッチ・マン、この惑星の生物は、そこらの灌木だけなのかい？」

「ほかには見かけんようだ」マンは嘘をついた。

「でも、あの尖塔を建てた原住民が、かつては住んでいたはずだ。宇宙を放浪する種族が、あんなでっかい記念碑を建てるなどという話は、きいたことがない」

「そうだね。あしたにでも見にいくかね？」

「よかろう」キャプテン・キッドは、エクスプローラー号のエアロックにはいると、大きな手でマンの細い腕をやさしくつかみ、自分のそばへ引きよせた。エアロックが回転し、マンはジンクス人のあとについて居住バブルにはいりながら、相手がまったくこっちを信用していないことを感じとっていた。

それで結構。

居住バブルの内部は暗かった。マンは明かりをつける前に、ちょっとためらった。外部に、もう急速にちぢんでいく大ミラの、最後の一片が見えたからだ。ほかのものも目にとまった。ひとりの男が、円錐形に積みあげたキャンプファイアの前にしゃがみこんでおり、たきつけ用に積まれた枯れ茂みの中で、ちらちらとひらめく炎が、だんだん大きくなっているところだった。

マンが明かりをつけると、外の眺めは見えなくなった。「海賊の話をきかせてくれんかね」と彼。

「ああ、いいよ」ジンクス人は椅子に腰を落とし、眉をひそめた。「じつは、海賊になったのは、おまけみたいなもんでね。一年ほど前、おれはパペッティア星系を見つけたんだよ」

「なんだと――」

「そうさ、パペッティア人の星系を、だ」

リチャード・マンの耳が、ぴんと立った。なにしろ彼は、ウンダーランドの出身なのだから――。

パペッティア人は高度の知性をもつ草食種族で、種としてはおそろしく古い。地球の青銅器時代、すでにこのあたりの星間貿易を独占していた。それに彼らは、おそろしく臆病だった。勇気のあるパペッティア人は、単にほかのパペッティア人にあたまがおかしいと思われるだけではなく、本当に気が狂っているのだ。それは通常、鬱状態（デプレッション）とか、殺人的傾向とか、そういった破滅的な副次的症候をともなう。それらの哀れな精神の歪みは、容易に見分けられる。正気のパペッティア人なら、車の走っている道路を横切るようなことは決してしないし、旅行には得られるかぎりの安全な手段を選ぶし、泥棒には、たとえ相手が武装していなくても、歯向かおうとはしない。正気のパペッティア人が母星系を離れるときには、たとえどこへいくときだろうと、安楽自殺の用意をしていくし、護衛――もちろんパペッティア人以外の――つきでなければ、異星世界を歩きまわったりはしない。

パペッティア星系の所在は、パペッティア人がもっとも厳秘に付している事項のひとつである。安楽自殺のしかけも、やはりその種の秘密のひとつになっている。それは単なる条件づけの秘法かもしれない。正体がなんだろうと、それはちゃんと作動した。パペッティア人は苦痛を極度におそれているが、それでも、拷問によって母星の所在を吐かせることは不可能だった。当然、地球に似た大気と気温をもつ惑星にちがいないのだが、それ以外のことはなにもわかっていない……いや、いなかったというべきだろう。

ふいに、マンは、やつらがこんなに早く焚（た）き火をはじめなければよかったのにと思った。どのくらい燃えると丸太に火がうつるのかわからないし、そうなる前に、この話をきいておきたかったのだ。

「見つけたのは、たった一年前だ」と、ジンクス人はくりかえした。「それまでなにで暮らしていたかは、いわぬが花だろう。おれの正体など、知らないにこしたことはないからね。だが、その星系から無事に脱出すると、おれはまっすぐ故郷にもどった。じっくり考えてみる時間がほしかったからだ」

「熟慮の結果、海賊を選んだと？　どうして恐喝にしなかったのかね？」

「それも考えたんだが——」

「そうしておくべきだったよ！　その秘密を守るために、パペッティア人がどのくらい払うか、考えなかったのか？」

「ああ。それがわかったからやめにしたのさ。リッチ・マン、あんただったら、総額でどのくらい請求するね？」

「まあ、十億スターに、告訴しない保証といったところかな」

「よろしい。さて、これをパペッティア人の側から考えてみるがいい。十億出しても、完全に安心はできない。しゃべられる危険は、依然として残っているからだ。しかし、その十分の一の金額を、探偵や、武器や、殺し屋などに使えば、相手の口をふさぐと同時に、それを聞いたかもしれない相手をさがしだして抹殺することもできるだろう。

で、おれは海賊をやることを思いついたわけだ。

八人ではじめたんだが、こうなった詳しい事情を知っているのはおれひとりだ。おれが連中を引っぱりこんだんだよ。連中が信用できる友達を連れてきて、仲間は十四人になった。ごく旧式の船を買って改装した。こいつは昔の移民船に積んでいた上陸用シャトルに、超空間駆動(ハイパードライヴ)を装備したものさ。たぶんもう気づいてるだろうが」

「いや。ずいぶん古いものだということはわかったがね」

「こっちとしては、これでパペッティア人にさとられても、追跡はできないはずだと思いこんでいた。そこでパペッティア星系へもどって、待ちうけた」

居住バブルの外の暗闇で、ちらりと、炎のきらめくのが見えた。もういつ丸太に火がつくかわからない……マンは、緊張を気(け)どられないようにつとめた。

「すぐに船がやってきた。それが、もうハイパースペースへもどれないくらい星系の重力井戸にはいりこむのを待った。それからコースを合わせた。むろん彼らはすぐ降参した。連中に人間の顔の見分けがついても大丈夫なように、こっちは宇宙服をつけたまま乗りこんだ。その船が六億スターの通貨を積んでいたといったら、信じられるかね?」

「すごい収穫だな。で、どこがまずかったのかね?」

「間抜けな野郎どもが、そのまま引きあげることに反対したのさ。パペッティア星系にはいってくる船のほとんどが、金を積んでいることはまちがいない。知ってのとおりの守銭奴だよ。臆病さは、安全保障を求める一面でもあるわけだ。それに連中は、探鉱や工業のほとんどを、労働力の得られる他星系でやっている。そこで、まだ獲物を積む余裕もあったし、そのまま待ち伏せして、あと二隻だけつかまえた。パペッティア人が自分の星系内で、こっちに攻撃をかけることはありえないからね」キャプテン・キッドは、うんざりした口調で、「あながち連中を責めるわけにもいかん。ある意味では、彼らのほうが正しかった。核融合推進を備えた船は、都市の上空をとびまわるだけで、地獄のような被害を与えることができる。そういうわけで、こっちはぐずぐずしていた。

そうこうするうちに、パペッティア側は、地球に対して公式の苦情を申しいれた。地球は、星間貿易への妨害をもっとも嫌っている。おまけにわれわれは、パペッティア人に直接の危害をも加えられる立場にいた。こういう事態は、株式市場の崩壊を招きかねない。そこで地球側は、人間版図内の全警察力を動員することになった。こんなの、フェアじゃないよな？」

「総力をあげてきみたちを捕えようとしたわけか。しかし、それでも、追跡など不可能なのではないかね？　それには、パペッティア側が警察に、自分の星系のありかを教えなくてはならんが、そういうことをするとは思えん。たとえこれから千年にわたって、きみらの子孫が強奪をつづけたとしてもだ」

ジンクス人は、冷やしたダイキリを、自分でダイアルした。「だからやつらは、こっちが出発するまで待ってたんだよ。いったい、やつらがどうやってこっちの航跡を追ったのか、いまだにわからんがね。たぶん、光速より速く動く重力場の歪みをとらえる方法があるんだろう。われわれをとらえるためにわざわざつくったとも思えん。いずれにしろ、こっちがジンクスへ針路をとっているとき、やつらがウイ・メイド・イットの警察へ、こっちの位置を知らせているのを聞いたんだ」

「ほう」

「そこでこっちは、近くにある二重星に針路を変えた。おれの発案じゃない。ハーミイ・プレストンの思いつきさ。そうすれば、トロヤ点の塵雲（じんうん）の中にかくれられるというわけだ。パペッティア人の使ってる装置がなんであれ、通常空間にいるこっちの船までは探知できまい」渇えたようにふた口で、彼はダイキリを飲みほした。カップをくしゃくしゃにし、それが蒸発していくのを見まもり、またダイアルする。「いちばん近いのが、この鯨座のミラだったわけさ。後方トロヤ点の中に、こんな惑星まであるとは思わなかったが、あった以上、利用することにしたんだ」

「それでここへきているわけか」

「ああ」

「あの船をかくす方法が見つかったら、ここを引きあげるほうが上策だろうな」

「まず、あんたが何者かをたしかめる必要があったんだよ、リッチ・マン。あした、わが人形つかい（パペット・マスター）号は海に沈める。もう核融合駆動も切ってあるんだ。浮上モーターはバッテリーで動くから、警察も探知はできない」

「それはけっこう。ところで、十億ドル出すから、その――」

「だめ、だめだよ、リッチ・マン。パペッティア惑星の位置は教えない。そんな考えは、きっぱりあきらめるんだね。どうだい、キャンプファイアに仲間いりしないか？」

マンは、ぎくりとして身をひいた。いったいどうして、ステージ樹が、いままで保ってるんだ？ すばやく考えをめぐらして、「どうかね、きみの船の自動調理機は、こっちのより上等かな？」

「どうやらそうもいかないようだ。だが、どうして？」

「きみのご一行に、夕食をご馳走したい、キャプテン・キッド」

キャプテン・キッドは、にやりとして首をふった。「けっこうなお話だが、リッチ・マン、おれにはそのダイアルの字が読めないし、あんたに変な気を起こさせたくない。ふとした出来ごころで、食事になにか――」

ボカン！

居住バブルが内側へへこみ、ぴんともとへもどった。キャプテン・キッドは、悪態をつきながら、エアロックへと走った。マンは腰をおろしたまま、じっと動かず、ジンクス人がうまくこっちのことを忘れてしまっていることに望みを託していた。

ボカン！　ボカン！　キャンプファイアのあたりから、目もくらむばかりの閃光。キャプテン・キッドが、くるったようにボタンを押すと、不透明なドアがその姿をかくした。

マンは立ちあがると走った。

ボカン！　震動に耳が痛み、バブルの表面が波うつ。燃えさかる丸太が、四方八方に飛びだしているのだ。一回転してもどったエアロックの中はからっぽだった。ジンクス人がどこへいったのかは知るよしもない。外側のドアも不透明なのだ。まあ、不利はおたがいさまというものである。

ボカン！

マンは、エアロック内のロッカーをさがしまわり、宇宙服をおしのけながら、リフトベルトを求めた。そこにはなかった。彼がつけて出たやつだ。それは、射ち落とされたとき取りあげられていた。

彼は、思わずうめいた。教養あるウンダーランド人にはふさわしくない、異様な苦悶の声だった。リフトベルトがなければ、どうにもならない。

ボカンボカンボカンボカン。どこか遠くで、誰かが悲鳴をあげている。

マンはようやく、宇宙服の、胸から肩にあたる部分をさがしあてると、身につけた。それは硬式の真空鎧で、背中にリフトモーターが取りつけられている。さらに、わずかな時間をさいて、ヘルメットをねじでとめると、外側のドアのボタンをおした。

武器はさがしても無駄だ。なにしろ自在（ヴァリアブル）ナイフまで持っていかれてしまったのだから。すぐ外で、あのジンクス人が待ちかまえているかもしれない。すでに真相は知られてしまった可能性がある。

ドアがひらいた……キャプテン・キッドの姿はすぐ目についた。不格好な姿がかけまわり、くるったように吼(ほ)えたてている。「伏せるんだ、この間抜け！　襲撃だぞ！」まだ気づいていないようだ。しかし、ウィ・メイド・イットの警察なら、麻痺銃(スタンナー)を使うだろうことくらい、知っていて当然だろうに。

マンは、リフトのダイアルをいっぱいにまわした。

わきの下をぐいと押しあげる猛烈な圧力。二Gの加速で血が足のほうにさがり、ウンダーランドの四倍の重力が彼を上へつきあげた。足もとで、ステージ樹(ツリー)の最後の一本が破裂し、彼を前後にゆすぶったが、そのあとすべては闇と静寂に包まれた。

姿勢制御を調節して、彼は頭がほとんどまっすぐ前方を向くまでからだをかたむけた。暗い大地が下方をすべっていく。進路を北東に向けた。誰も追ってはこない——まだ今のところは。

キャプテン・キッドの部下たちは、死んだか、怪我をしたか、あるいは少なくとも気絶しているのだろう。なにしろ目の前でキャンプファイアが爆発したのだから。キャプテン・キッドが追っかけてくることも考えたが、あのジンクス人につかまるおそれはない。リフト用のモーターの性能は、だいたい似たりよったりで、マンの体重はジンクス人よりもずっと軽いからだ。

北東へ向けて、できるかぎり低空を飛びつづける。この高度でぶつかる地物といえば、西のほうにあるあの尖塔以外にはない。船の明かりが見えないところまでくると、彼は南へ向きを変え、依然低空飛行をつづけた。まだ誰も追ってくる気配はない。ヘルメットをかぶってきてよかったと思った。風から目を守るのに役立ったからである。

青い暁の光の中で、彼は目をさました。空は濃紺色で、周囲の明かりは青い月の光のようにおぼろだった。ふたつの峰のあいだにのぼった小ミラの光は、ぎらぎら輝く針穴のようで、見つめていると網膜に焦げ穴をつくられそうなほどまぶしい。いちどヘルメットをはずし、ピンク色のゴーグルの濃さを調整した。あたりが前よりさらに暗くなった。

彼は、黄色くひろがる苔の上に、頭をあげてみた。平野にも空にも人影は見えない。海賊たちは彼をさがしているにちがいないが、まだここまではやってきていない。現在までのところ、首尾は上々だ。

平野のかなたに、火焔がひらめいた。一本のステージ樹が、黒い空へ矢のようにのぼっていく。根も花もなく、基部にある木質のつばのようなもので、あやふやながら空気力学的な安定をたもっているようだ。白いロープのような煙をうしろにひいている。その煙がとぎれたとき、木の本体はもう目にみえなかった……やがて、そこよりずっと高いところで、対空砲火の炸裂のような白煙の花がひらいた。いま、種子が空中にまき散らされたのである。

リチャード・マンは、ほほえんだ。主人をなくしたステージ樹(ツリー)が、なんとみごとにその環境に適応したことか。スレイヴァーは、広大な栽培場でこの樹を育て、核融合駆動では損害をひき起こすような場所から船を離昇させるのに、その生きた幹の芯をかたちづくっている固体ロケット燃料を利用していたのである。だが、樹そのものは、今そのロケットを繁殖用に——昔のいかなる植物も及ばぬほど遠くまでその種子をまき散らすのに使っているのだ。

さて、そこでだ……リチャード・マンは、周囲の黄色い毛のような茂みの中に、深々と身を横たえ、つぎの行動を考えはじめた。人類全体の目からみると、今の彼は英雄である。なにしろ海賊の一味に手ひどい打撃を与えたのだから。警察が到着すれば、パペッティア人からの褒賞(ほうしょう)も当てにしてよかろう。それだけで満足するか、それとも、もっと大きな賭けに挑むべきだろうか？

パペット・マスター号の積荷は、むろんそのひとつだ。しかし、ちょっと手にいれるのは無理だろうし、手にはいったとしても、どうやって自分の船にかくすことができるだろうか？　どうやれば、ウイ・メイド・イットの警察の目をごまかせるだろうか？

それではない。マンの心の中にあるのは、それと同じくらい価値がありながら、それよりもずっと秘匿しやすい、べつの賭けであった。

キャプテン・キッドの失敗は、パペッティア人にとって恐喝がなんら不道徳な手段でないことを知らなかった点にあった。恐喝にさいして、恐喝者と被害者双方の完璧な安全を守るように処理する方法が、すでに確立しているのだ。恐喝者側が、自分の記憶のしかるべき部分を消去するよう申し出ることと、被害者に不利なあらゆる証拠物件を引きわたすことの二点である。マンは、もしキャプテン・キッドからパペッティア星系の所在を聞きだすことができたら、そうする心づもりをかためていたのだった。

しかし、どうやって？

しかし、彼には、ジンクス人のまだ知らない知識がある……。

小ミラ（リトル）はぐんぐん昇っていく。アーク灯のような青、地獄へ通じる穴だ。その下にいるマンは、昨夜キャプテン・キッドが目にとめた尖塔のひとつの裾（すそ）にひろがる黄色い茂みの中の、目にもとまらない小さなしみだった。尖塔の高さはたっぷり八百メートルはあろうか。こんな大きさの建築物があるなど、地球人以外のものには信じられないだろう。それが頭上にそびえているのを見ていると、マンは不安にかられた。形としては、基底部の直径九十メートルの細長い円錐形である。下端に近いところの表面は、磨きあげた花崗岩のように、灰色でなめらかな手ざわりをしている。

周囲の黄色い茂みは、さながら大きくうねる絨緞だった。尖塔の周囲に、直径八百メートルほどの不規則な円を描いてひろがり、厚みは三メートルあまりに及ぶ。尖塔の裾では、タートルネックの襟のようにもりあがっている。近くでみると、ひとつひとつ分離した植物ですらない。まるで苔と羊毛を交配して生じた雑種のなにかを、真黄色に染めあげたみたいにみえる。

隠れ場所にはもってこいだった。むろん、それで完全とはいえない。熱源感知機を使われたら、即座に見つかってしまう。昨夜はまだそこまで考えていなかったが、いまはそれが悩みの種だった。むしろここを出て、海へ向かうべきだろうか？

あの船が熱源感知機を備えているのは当然だが、携帯式のはないだろう。携帯式熱源感知機は、夜間照準器に使えるため、戦争用の武器と見なされ、かなり昔から人類版図の宇宙では違法とされているのだ。

しかし、パペット・マスター号が、どこかへ立ちよって、そうしたものを手にいれていることも考えられる。たとえば、クジン族の惑星だ。

ばかばかしい。キャプテン・キッドに、夜間照準器つきの携帯用武器などを使う必要があったろうか？　パペッティア人と白兵戦を交えることなど、予測するはずはない！　使うとしても、せいぜい麻痺銃だ。たとえ海賊だろうと、パペッティア人を殺すことなど思いもよらないし、それに、キャプテン・キッドは、本物の海賊ですらないのである。

大丈夫だ。では、レーダーはどうか？　それなら、この苔と羊毛の雑種のようなこの中へもぐりこめばすむ。ふつうの望遠鏡なら？　同じことだ。無線機は？　おぼえておけ——

――絶対にこっちから発信しないことだ。

おぼえておく？　ヘルメットの中には、ディクタフォンがある。彼は、苔ウールからヘルメットを引きぬくように身をおこすと、ディクタフォンのスイッチをいれた。

空を飛んでいる人影。マンはじっと目をこらして、ジンクス人の姿を求めた。飛んでいるのはたった四人で、その中にはいないようだ。四人とも、彼の西北の空を、南へ向かっている。マンは苔の中へ身を沈めた。

「おい、リッチ・マン」

低いが、激怒にゆがんだ声。マンの全身をショックがかけぬけ、死の恐怖であらゆる筋肉が引きつった。その声は、すぐ背後から聞こえたのだ！

ヘルメットの無線機だった。

「おい、リッチ・マン。おれが今どこにいると思うね？」

消すわけにはいかない。宇宙服のヘルメットの無線機は、消すようにはできていないのだ――正規の安全措置である。安全などどうでもいいというような馬鹿なら、〝オフ〟用のスイッチをつけることもできる。しかし、マンはそんな必要など感じたことがなかった。

「おれは今、おまえの船の中で、船と宇宙服をつなぐ回路を使ってるんだ。昨夜はうまくやってくれたな。おれは、ここの記録をしらべるまで、ステージ樹（ツリー）なるものの正体さえ知らなかったんだ」

彼はひたすら耐えるほかなかった。くやしいことに、いい返すこともできない。

「おまえはおれの部下を四人殺し、さらに五人が今、自動医療タンク（オートドック）にはいっている。リッチ・マン、いったいどうしてこんなことをしたんだ？　こっちにおまえを殺す気などないことは、わかっていただろうに。どうしてこんなことを？　われわれは、手を血で汚したことはいちどもないんだ」

この嘘つきめが、マンは、無線機に向かって思った。株式市場が崩壊すれば、多くの人が死ぬんだぞ。そして、生き残ったものも、やはり苦しむんだ。とつぜん貧窮のどん底に落ちこんで、貧しく暮らすすべも知らないというのがどんなことか、きさまは知っているのか？

「なにかほしいものがあるんだろう。リッチ・マン。よろしい、それはなんだ？　こっちの船倉にある金か？　そいつは無理だ。近づくこともできまいよ。賞金めあてにわれわれを売り渡すつもりか？　心細い話だね。そっちには武器もない。こんどは、見つけしだい殺してやるからな」

四人の捜索者は、青い薄闇の中に黄色いヘッドランプの光をふりまきながら、はるか西方を通過していく。もう彼らに見つかる危険はない。とんだ復讐劇にまきこまれることになった彼らやその仲間たちに対する憐れみの念が、心をかすめた。

「それから、もちろんパペッティア人の惑星だろうな。現代のエル・ドラドだ。しかし、どこにあるのかはわからないだろう？　ヒントをひとつ、さしあげようかね。むろん、おまえには、こっちのいうことが本当かどうかの見わけもつかないだろうがね……」

このジンクス人は、貧乏というものを知っているのだろうか？　マンは、ぶるっと身をふるわせた。昔の記憶がよみがえることはめったにない。しかし、いったんよみがえったとなると、それは心を傷つけるのだった。

――必需品を買う前に贅沢品を買ってしまわないようにすることを学ばなければならなかった。その見わけがつく前に、飢えてしまうおそれもあった。必需品とは、食物と眠る場所、靴にズボン。贅沢品とは、煙草、レストラン、きれいなシャツ、料理をつくっていて駄目になった材料を捨てること、おもしろくない職場を辞めること。組合は必需品。細胞賦活剤（ブースタースパイス）は贅沢品――

このジンクス人は、そういったことを知るまい。自分の船を買うだけの金があったのだから。

「頭をさげてたのむかい、リッチ・マン。パペッティア星系がどこにあるか、知りたくはないかね？」

マンは、エクスプローラー号を、大学の認可をうけて借りたのだ。長い昇り段階の、最後の一段がそれだった。その前には……

株式市場の崩壊が起こったのは、ちょうど人生のなかばだった。それまでは彼も、友人や親戚の連中と同様、細胞賦活剤（ブースタースパイス）の助けで、齢をとらない有閑階級のひとりだった。それが一夜明けると、飢えた人びとの仲間入りだ。同じ災難に遭って、リフトベルトを無限遠に合わせて空へのぼっていってしまった友人も多かった。リチャード・シュルツ＝マンは、細胞賦活剤（ブースタースパイス）の最後の一服を買うために、リフトベルトを売ってしまっていた。ようやくそのつぎに細胞賦活剤（ブースタースパイス）が買えるようになるまでに、彼のひたいにはしわがより、肌の感触もすっかり変わり、性欲も減退し、髪にはおかしな白い斑点ができ、背中はリューマチで痛みだしていた。その痛みはまだ消えていない。

しかし、髭の手入れだけは欠かさなかった。白いひと房の髭と、耳の上の白い縞は、それまでになくすてきな感じだった。細胞賦活剤（ブースタースパイス）で髪の色がもとにもどったあとも、彼はもとどおりその部分を白く染めているのだ。

「答えろよ、リッチ・マン！」

バンダースナッチ狩りにでもいってるがいい。

どっちもどっちだった。キャプテン・キッドは、相手の返事を引きだせないし、マンには海賊側の秘密がわからない。もしキッドが自分の船を海に落としてかくしたら、マンは警察にそのありかを教えられるだろう。それで少なくともなにがしかにはなるはずだ。

幸いなことに、キッドはエクスプローラー号を動かせなかった。

もし彼が、両船とも、惑星の反対側へもっていったら、マンは置き去りにされてしまうところだった。

四人の海賊はもうはるか南の空に去っていた。キャプテン・キッドも、どうやら無線機のほうはあきらめたらしい。ヘルメットの中には、水と食料のシロップがある。早急に飢える心配はない。

警察船は、いったいどこをとびまわってるんだ？　この惑星の裏側をか？

おたがいに手詰まりだった。

大ミラ(ビッグ)が、気の弱いのぞき屋みたいに、山あいから赤い煙のように縁(ふち)をのぞかせた。あたりが明るくなり、ラヴェンダー色の地表に、長い長い濃紺の影が現われた。その影は、徐々に短くなると同時にぼやけていった。

自分の立場の道徳性ということが、リチャード・マン博士は気になりはじめた。海賊をやっつけたことは、市民としての義務を果したまでだ。これまで善良な人びとの汗の結晶をかすめていた海賊どもである。それに一矢報いただけのことだ。

しかし、その動機は？　彼の動機の一半として、二面からの恐怖があげられるだろう。第一に、キャプテン・キッドに口を封じられるかもしれないという恐怖。第二に、貧困への恐怖。

その恐怖は、久しく彼につきまとっていたものであった。

本を書いてひと財産つくろう！　机上の案としては立派にみえた。三十光年四方の球形をなす人類版図の宇宙には、五百億の読み手がいる。その一パーセントが、使い捨てテープに半スターをはきだしてくれるとすれば、その四パーセントの印税は一千万スターになる。しかし、このごろはどんな本も失敗している。百億の読者の注意をひくにも、このごろは金切り声をあげなければならない。あとの四百億人の声がさわがしすぎるからだ。キャプテン・キッドが現われる前は、それがリチャード・シュルツ＝マンにとって、成功の唯一の希望だったのである。

自分の行動は法をおかしてはいない。キャプテン・キッドも、その点に文句はつけられないはずだ。しかし、キャプテン・キッド自身は、まだ誰も殺してはいない。マンはためいきをついた。彼には、ああするほかなかった。彼のおもな動機は名誉に関するもので、それは今なお根強く残っているのだった。

湿った苔ウールの隠れ場所の中で、彼は不安げに身動きした。日中は暑くなるのに、宇宙服の温度調節は、上半分だけでは作動してくれない。

あいつはなんだ？

パペット・マスター号が、離昇動力に支えられて、悠々とこっちへ向かってくる。ジンクス人は、人間の法律の手がのびてこないうちに、この船を海へ沈めてしまうことに決めたのにちがいない。

……だが、あるいは？

マンは自分のリフトのモーターを、体重を支えるよりいくらか小さめに合わせ、慎重な動きで尖塔をひとまわりしてみた。四人の海賊が、パペット・マスター号を出迎えている。もしいま尖塔の陰から出たら、すぐに見つかってしまうだろう。しかし、もしこのままじっとしていたら、れいの熱源感知機が――

賭けてみるしかない。

宇宙服の上半分に、わきの下をえぐるように押されながら、彼は第二の尖塔めがけてすっとんだ、空中で動力を切ると苔の上へ落ちこみ、中へもぐりこんだ。海賊は進む方向を変えてはいなかった。

さあ、どうなるか。

船は、彼がいま逃げだしてきた尖塔の真上でとまった。

「聞こえるか、リッチ・マン？」

マンは、陰気にひとりうなずいた。くるべきものがきたわけだ。

「もっと早くここへきてみるべきだったよ。おまえの姿が見えない以上、このあたりから去ってしまったか、あるいはこの塔のまわりの深い茂みの中にかくれているのか、どっちかだ」

ここで、尖塔から尖塔へと逃げまわるべきだろうか？　それとも、遠くまで逃げのびることが、可能だろうか？

やつらのうち、少なくともひとりは、彼よりも速く飛べるだろう。宇宙服のぶんだけこっちは重いのだから。

「おまえもこの塔をよくしらべていればよかったのにな。ぞくぞくするような眺めだよ。頂上付近以外の表面は、なめらかで石のようだ。やはり頂上の付近以外は、完全な円錐形だ。聞いているか？　頂上のところは、直径三メートルのネックから上が、直径五メートルくらいの卵形にふくらんでいる。このふくらみの部分は、ほかの表面ほど磨きたてられていない。なんとなくアスパラガスの芽を思い出させるが、どうかね？」

リチャード・シュルツ＝マンは、じっと首をのばし、ひとつの案をかみしめていた。

ヘルメットをはずすと、無線機をひっぺがしてポケットにいれた。それから、くるったように、黄色い苔ウールを両手のひら二杯ぶんほどむしりとり、ヘルメットにつめこみ、ライターの火を近づけた。はじめのうち、その植物はくすぶるばかりで、そのあいだ、マンは、くいしばった歯のあいだでなにかつぶやきつづけていた。やがて火がつき、煙のない青い炎をあげはじめた。マンは、そのヘルメットを、傾いて燃える中身がこぼれたりしないよう、苔の上にそっとのせた。

「おれには、男根崇拝の象徴のようにもみえるがね。どう思う、リッチ・マン？　もしこれが男根の象徴なら、ひどく誇張されたもんだ。いや、おまえなら、人間じゃないヒューマノイドのそれだというかな？」

海賊たちが船にたどりついた。その銀色の巨体をとり巻くように浮かび、パペット・マスター号の熱源感知機が彼を見つけたら、ただちに襲いかかるかまえだ。

マンは、西へ向かって全力加速し、できるだけ低いところを突進した。はじめの一分間かそこらは塔の陰になっているから見つからないだろうが、そのあとは……

「ここの植物は、ステージ樹（ツリー）ではないな、リッチ・マン。ここにあるのは、一種の苔のようだ。この塔の材料になった岩石から、栄養をとるのかもしれん。ふむ。熱の出ているところはないな。結局この塔の下にはいないらしい。では、つぎのをためしてみるか」

必死の思いでちらりとふりかえったマンの目に、パペット・マスター号が、いま離れてきたばかりの尖塔の上へ蔽（おお）いかぶさるように移動してくるのがうつった。塔の基底の苔の上にたなびく一条の灰色。人間のかたちをした四つの点が、船の上空にあつまっている。

「いよう、見つけたぞ」ジンクス人の声。「殺し屋くん、さようならだ」

パペット・マスター号の核融合モーターが発動した。噴射の炎が青白い槍のように、尖塔の側面をかすめて、地表の苔ウールをさしつらぬく。マンは正面に顔をもどして、ひたすら飛びつづけることに専念した。いま彼の心にあるのは、高揚でも憐憫でもなく、単なる嫌悪感だった。結局、あのジンクス人は愚かものだった。鯨座ミラTの生命体として、ステージ樹（ツリー）しか見つけだしていない。ほかにはないというマンのことばもあった。だのにどうして、当然の結論に気づかなかったのだろうか？　おそらくは、この苔ウールに目をくらまされたのだろう。たしかに、黄色い苔のようなものが、尖塔の周囲にぎっしりあつまって、岩石の中から必要な化学物質を抽出しているようにみえたというのに。

ちらりとふりかえると、海賊の船は、まだ白い炎を、塔とその下の茂みにあびせかけている。あそこにいたら、もうすっかり黒こげになっていたところだ。ジンクス人は、彼を完全に抹殺したいのだろう。よし――

尖塔が、とつぜん消えた。むらさき色に変わった大地の上で、それは極彩色の炎の半球と化し、あと二本の尖塔と、ジンクス人の船も、その中にのみこんでしまった。ついでふくらみながら上昇をはじめる。マンは姿勢を垂直に向け、地表から遠ざかろうとした。一瞬後、ショックウェーヴが打ちよせて彼を吹っとばし、彼は砂漠の上にもんどりうってころがった。

白い綱のような煙の柱が二条、うすれていく爆発雲をつらぬいて立ちのぼった。まだ熟しきっていないあと二本の尖塔が発進してしまったのだ！　炎が、それらの基部にもとどいていたのだろう。

頭をのけぞらせながらそれを見つめているマンのからだは、上半身だけの宇宙服の中で、奇妙にゆるんでいた。顔に不可思議な満足の表情が浮かんでいる。このようなとき、彼は自分自身を、そして不死性への野心を、忘れることができるのだった。

立ちのぼる二本の煙に、同時にふたつの結び玉ができた。第二段（ステージ）にはいったのだ。両者は今やおそろしい早さでのぼっていく。

「リッチ・マン」

マンは送信スイッチをいれた。「なにがあろうと生きのびる人間だな、きみは」

「それはあんたのことだよ。おれはもう、肩から下の感覚がない。いいかね、リッチ・マン、おたがいの秘密を取り引きしよう。いったいどうなってるんだ？」

「この大きな塔も、ステージ樹（ツリー）なのだよ」

「ああ？」なかば問いかけ、なかば苦悶の声だった。

「ステージ樹（ツリー）には、ふたつのライフサイクルがある。そのひとつは灌木として、もうひとつは巨大な多段式形態（マルチステージ）だ」聴き手を失うおそれのため、マンは早口にしゃべった。「この両者が交替に現われる。ステージ樹（ツリー）の種が惑星上にばらまかれると、育って灌木になる。その数がどんどんふえる。たまたま種のひとつが、とくべつ肥沃な場所にぶつかると、多段式形態に成長する。おい、まだ聞いているかね？」

「うん」

「大きな形態のほうでは、生きているのは主根と、基部の周囲の光合成器官だけだ。そうなるおかげで、ロケット部分はよぶんな重量を支えなくてすむ。底の生きた部分から上へまっすぐのびるが、のびた部分は頂上の種子を除くと、樫の木の中心部と同じように死んでいる。充分に成熟すると、ロケットが発進する。通常は、その生えている星系の離脱速度まで達する。キッド、きみの船が見あたらんぞ。この煙が晴れるまで――」

「話してくれればいい」

「助けてやりたいのだがね」

「手遅れさ。もっと話してくれ」

「わたしは宇宙を二十光年の範囲にわたって、ステージ樹（ツリー）の起源を追ってきた。最初がどこからはじまったのかは、神のみぞ知るだ。このあたりの星系のすべてにひろがっている。種子をいれた莢（ポッド）は、宇宙で数百年、数十年を過ごす。そしてどこかの星系にはいると、破裂する。もしそこに居住可能な惑星があれば、種子のひとつはきっとそこにいきあたるだろう。ないとしても、もとの世界には、まだいっぱい莢（ポッド）がある。この樹は不滅なのだよ、キャプテン・キッド。この植物は、人間などよりもはるか前から、ずっと遠くまで宇宙を旅していたのだ。いまから十五億――」

「マン」

「ああ」

「二三・六、七〇・一、六・〇だ。星図に載ってる名前は知らん。くりかえそうか？」

マンはステージ樹（ツリー）のことを忘れた。「くりかえしてくれるとありがたいな」

「二三・六、七〇・一、六・〇。見つけるまでそのあたりをさがせ。ふつうより小ぶりの赤色巨星だ。惑星は小さくて、高密度で、月はない」

「わかった」

「もしこれを利用する気なら、大馬鹿ものだよ。おれと同じ運命をたどるだろう。だから、教えてやったのさ」

「わたしがやるのは恐喝だよ」

「やつらに殺されるぞ。そうでなきゃ、教えてやったりするもんか。だが、どうしておれを殺す気になったのかね、リッチ・マン？」

「このあご髭に対する批評が気にいらなかったのでね。キャプテン・キッド、ゆめゆめウンダーランド人の非対称髭を侮辱などするなよ」

「もう二度としないだろうよ」

「助けてやれるといいのだが」マンは、静まりかけた煙の中をすかし見た。今やそれは黒い一本の柱となり、端のほうは二重太陽の光でうすく色づいてみえた。「まだきみの船が見えんぞ」

「そのうち見えるさ」

海賊がうめき声をあげた……そして、マンは船を見つけた。目をいためないためには、まだときどき顔をそむけなければならなかった。

中性子星

小隅 黎◎訳

Neutron Star

さか落とし号(スカイダイヴァー)は、中性子星の上空きっかり百六十万キロのところで、超空間(ハイパースペース)から離脱した。背景をなす星々から、自分の位置を確認するのに一分間、そして、ソーニャ・ラスキンが死ぬ前に語っていた歪曲空間(ディストーション)を見つけるのにまた一分間かかった。船の左手のほう、地球の月くらいの大きさにみえる範囲の部分がそれだ。わたしはぐるりとそっちへ船首を振り向けた。

凝結した星々、とけかかった星々、そこでは星々がまるでスプーンでかきまぜられたみたいにみえる。

中性子星はもちろんその中心にあるわけだが、いまは見えないし、見えるはずもなかった。そいつはわずか直径十八キロの大きさで、しかもつめたい。BVS＝1が核融合の炎に燃えあがってから、すでに十億年。それがX線星となり、絶対温度五十億度で燃えさかった激動の二週間から、少なくとも数百万年。いまやその存在を示すものは、ただ質量効果だけとなっている。

船がひとりでに向きをかえはじめた。核融合駆動の圧迫が感じられた。わたしが手をかしてやらなくても、その忠実な金属製の番犬は、中性子星の表面へ一キロ以内までに近づく双曲線軌道へわたしを送りこもうとしている。下降に二十四時間、上昇に二十四時間……そのあいだに、なにかがわたしを殺そうとするだろう。ラスキン夫妻を殺したのと同じように。

ラスキン夫妻の軌道を設定したのも、これと同型式の自動操縦機構（オートパイロット）で、プログラムも同じである。それは彼らの船を、中性子星に衝突させたりはしなかった。だから、オートパイロットは信頼できる。その気になれば、プログラムをとりかえることだってできる。

じっさい、そうしていて当然のところだ。

そもそもどうしてこんな羽目になってしまったのか？

十分間ほど自動操船がつづいたあと、駆動が切れた。軌道が決定し、わたしの運命もきまった。ここで逃げだそうとしたらどうなるかは、よくわかっている。

もとはといえば、ライターのバッテリーを替えようとしてドラッグストアにはいっただけのことなのに！

その店のどまんなかに、三階ぶんの売場(カウンター)にかこまれて、新しい二六〇三年型のシンクア社製星系間(イントラシステム)ヨットがおかれていた。バッテリーを買いにはいったつもりだったが、思わず足をとめて見とれてしまった。すばらしい出来ばえだ。こぢんまりとしたなめらかな流線型で、これまでにつくられたどんなものとも似たところはまったくない。いくらくれたって乗る気はしないが、美しいことは認めなけりゃなるまい。頭を低くしてドアの中へつっこみ、操縦パネルを眺めた。あんなに計器のいっぱい並んだのは見たこともない。頭をひっこめて、ふと見ると、店内の客全員が、そろって同じ方向に顔を向けていた。あたりは、水をうったような静けさ。

みんなが見つめるのも当然だった。店の中には異星人も何人か、みやげものなどを買いにきていたが、そいつらまでいっしょに見つめている。パペッティア人というのは、ユニークな存在だ。頭のない三本脚のケンタウルスが、両腕の先に〝船酔い海蛇セシル〟の操り人形をはめたところを想像してもらえば、一応のイメージはつかめるだろう。しかしその両腕が、じつはゆれ動く頸(くび)で、人形が本物の頭で、かたちは平べったく、大きなやわらかいくちびるがあり、脳ははいっていない。脳はその二本の頸根(くびね)っこのあいだの、かたくもりあがった部分の下にある。このパペッティア人が身につけているのは、自前の褐色の毛皮と、背筋にそって上向きに生えてちょうど脳の上で厚いマットのようになっているたてがみだけだった。このたてがみの髪型が、彼らの社会的地位を示すのだというが、わたしには、港湾労働者なのか宝石商なのかゼネラル・プロダクツ社の社長なのか、さっぱり見当もつかない。

それがやってくるのを、のんびり眺めていたのは、パペッティア人を見るのがはじめてだったからではなく、すらりとした脚と小さなひづめの優雅な歩きっぷりが、えもいわれず美しかったからだ。見ているうちに、先方は、まっすぐわたしに向かって、どんどん近づいてきた。ほんの三十センチぐらいのところまできて立ちどまると、わたしを仔細に眺め、そしていった。「あなたは、ベーオウルフ・シェイファー、もとナカムラ宙航の首席パイロット、そうですね？」

訛りの痕跡もないきれいなコントラルトだった。パペッティア人の口は、ほかに例のないほど融通無碍な発声器官であるばかりでなく、きわめて鋭敏な手でもある。ふたまたになったとがった舌。縁にそって小さい指のような突起のならんだ厚い大きなくちびる。指先に味覚をもった時計職人というのがどんなものか想像してもらえれば……

わたしは咳ばらいした。「いかにも」

そいつは、ふたつの方向からわたしを検分しながら、「いかがでしょう、高報酬の仕事に興味をお持ちと思いますが」

「高報酬ときくと目がないほうでね」

「わたしは、ゼネラル・プロダクツの支社長に相当する地位にあるものです。いっしょにきてくだされば、どこかほかで、その件について相談したいのですが」

　そいつのあとについて、転移ボックスへはいる。好奇の目がどこまでもあとを追ってついてくる。人目の多いドラッグストアで、双頭の怪物に話しかけられるなんて、ばつのわるい話だ。たぶんパペッティア人は、それを承知の上なのだろう。たぶん、わたしがどれくらい金にこまっているか、ためしてみたのかもしれなかった。

　たしかに逼迫していた。ナカムラ宙航が店じまいしてからもう八カ月になる。その少し前から、わたしは借金くらい遡及給与で払えるつもりで、贅沢三昧に過ごしていた。その遡及給与がこなかった。ナカムラ宙航倒産——大さわぎだった。いい年をした実業家連中が、リフト・ベルトもつけずにホテルの窓からとびだしたりした。わたしのほうは、そのまま散財をつづけた。いまここで倹約でもはじめたがさいご、借金取りどもの調査の手がのびて……とどのつまりは債務者刑務所行きが落ちだろう。

　パペッティア人は舌先で、すばやく十三桁の番号をダイアルした。一瞬ののち、わたしたちはどこかべつの場所にいた。ボックスのドアをあけると、空気がひゅうっと逃げだし、耳がポンと鳴って、わたしはつばをのみこんだ。

「ここはゼネラル・プロダクツ・ビルの屋上です」ゆたかなコントラルトの声に神経がぞくりとし、うっかりすると、相手が美女などではなく異星人なんだということも忘れてしまいそうだ。「契約のことを話すあいだ、この宇宙船を検分してください」

わたしはいくらか用心しながら外へ出たが、いまは風の季節じゃなかった。この屋上は、地上と同じ高さにある。これが、ウィ・メイド・イットの建築方式だ。たぶんこれは、この惑星の自転軸が主星プロキオンのほうを向く夏と冬に、時速二千五百キロの風が吹きまくるからだろう。その風が、わが惑星唯一の観光資源であってみれば、摩天楼などを通り道に建てて風速を鈍らすのは、愚の骨頂というものだ。むきだしの真四角なコンクリートの屋上の周囲をとりまいているのは、どこまでも無際限につづく砂漠、それも、そこらの居住惑星にあるのとは似ても似つかない。せめて飾りのサボテンでも植えてくれと叫んでいるような、生命の影とてないこまかい砂のひろがりなのだ。それを試みてみたこともあった。だが、いくら植えても、風が吹きとばしてしまう。

その宇宙船は、屋上の向こうの砂漠の上に横たわっていた。ゼネラル・プロダクツの二号船殻だ。長さ九十メートル、直径六メートルの円筒形で、両端がとがり、船尾の近くに蜂の腰のような軽いくびれがある。どういうわけか、それが、着陸用後衝脚も船尾の中へ折りこまれたまま、横倒しになっているのだった。

このごろの船が、どれもこれも似たような格好になってきたことにお気づきだろうか？きょう日、宇宙船の九十五パーセント強は、ゼネラル・プロダクツ製の四種類の船殻を土台に建造されている。そうするほうが簡単で安あがりだからだが、その結果どうしても出来上がりまで似てきてしまう——大量生産品がみんなそっくりにみえるように。

船殻は透明なまま売られ、それを買い主が好きなように塗装する。ここにある船は、ほとんど透明なまま残されていた。生活システムのまわりだけが塗装されている。推進用の主反動機関はついていない。引きこみ可能な姿勢制御ジェットが一連、側面に装備され、船殻にはそのほかにも、観測装置用の四角や円形のもっと小さな孔がいくつもあいている。その装置類のきらめきが、船殻をとおして見てとれた。

パペッティア人は船首へ向かって歩いていったが、わたしはなにか気になるものを感じて、船尾のほうへ、後衛脚のようすを見にいった。それは、ぐにゃりと曲がっていた。まるみをおびた透明な船殻のうしろで、なにか途方もない圧力が、金属を、温めた蠟のように、とがった船尾へ向けて無理やり流れこませたのだ。

「なんのせいでこうなったんだい？」と、わたしはたずねた。

「わかりません。それを知りたいと必死になっているのです」

「どういうことだ？」

「中性子星BVS＝1のことを聞いたことがありますか？」

ちょっと考えたすえ、思いだした。「最初に発見された中性子星で、今までのところ唯一のものだ。二年前に誰かが、恒星の位置のずれから所在をつきとめたんだったな」

「BVS＝1は、ジンクス星にある知識学会研究所によって発見されました。わが社は、ある仲介者を通じて、研究所がその星を調査したがっていることを知りました。調査には船が必要です。彼らにはまだその費用が出せません。わたしどもは、調査によって得られたあらゆるデータの引き渡しを条件に、社の保証つきの船殻を提供することを申し出ました」

「公正な取り引きといえそうだね」なぜ自分でその調査をやらないんだとは訊ねなかった。知覚をそなえた菜食動物のほとんどがそうであるように、パペッティア人も、あやうきに近寄らぬことこそ君子の要件のすべてだときめこんでいるくちなのである。

「ふたりの地球人、ピーター・ラスキンとソーニャ・ラスキンが、志願して船に乗りました。双曲線軌道を描いて、表面から一キロ以内にまで近づく予定でした。その飛行の途中のどこかで、未知の力が船殻をとおして、後衛脚をそのようにしたことは明白です。その未知の力が、ふたりの乗員をも殺しました」

「しかし、そんなことはありえない。そうじゃないのか？」

「要点がわかりましたね。いっしょにきてください」パペッティア人は、船首のほうへ、とことこと歩きだした。

なるほど、要点はよくわかった。なにものも、絶対になにものも、ゼネラル・プロダクツの船殻を貫通して中にはいりこむことはできない。可視光を除いたいかなる種類の電磁エネルギーもだ。最小の素粒子から超高速の隕石にいたるまで、いかなる種類の物質も。それがこの会社の宣伝の謳(うた)い文句であり、それを裏づける保証もついている。わたしもそれを疑ったことはいちどもないし、また、およそゼネラル・プロダクツ製の船殻が、武器やそのほかのなにかによって損傷をうけたという話もきいたことはない。

だがいっぽう、ゼネラル・プロダクツの船殻は、機能的なぶんだけ、形状はぶざまにできている。ここで、なにかがその船殻を貫通したらしいという評判でも立ったら、パペッティア人の所有に成るこの会社は大打撃をこうむるだろう。しかし、そのことがどうわたしとからんでくるのかが、いまひとつのみこめない。

自動梯子（エスカラダー）にのって、船首にはいった。

生活システムは、ふた部屋に分かれていた。ラスキン夫妻はそこに熱反射塗料を使っていた。円錐形の操縦室では、船殻の一部を塗り残して窓にしてある。そのうしろの休息室の壁には窓がなく、全面銀色の反射塗装だ。休息室の背面の壁から、一本の連絡チューブが後方へのび、さまざまな装置類や超空間駆動（ハイパードライヴ）モーターへと通じている。

操縦室には緩衝席が二基。その両方とも、基台から引きちぎられて、まるで紙くずをまるめたように船首へ押しこまれ、計器パネルを粉砕していた。くしゃくしゃになったその椅子の背に、赤錆（あかさび）色のしぶきがとび散っていた。同じ色の斑点は、壁や、窓や、観測スクリーンなど、あらゆるものの上に見られた。ちょうどなにかが、うしろから椅子の背へぶつかったみたいに——そう、ちょうど、ペンキをつめたおもちゃの風船を十個ほどもまとめて、おそろしい力で叩きつけたかのように——

「血だ」わたしはいった。

「そのとおり。人間の循環体液です」


二十四時間の降下。

前半の十二時間は休息室にこもって、読書につとめた。まだなにも、目ぼしいことは起こらないが、ただ、ソーニャ・ラスキンが最後の報告の折に話していた現象を、わたしはもうなんどか目にしていた。星が、目にみえないBVS＝1の真うしろにはいると、後光が現われるのだ。BVS＝1のおそろしい重力が光を引きよせて曲げるため、付近の星々は横にずれてみえることになる。しかし、星のひとつが中性子星の真うしろにくると、その星は同時にあらゆる方向にずれる。結果――ほとんど目にとまらないくらい一瞬のうちに消える、小さな光輪。

パペッティア人にとっつかまった日のわたしは、中性子星のことに関して、無知同然だった。いまのわたしはその道の専門家だ。それなのに、そこへ降下するわたしをいったいなにが待ちうけているのか、まだ見当もつかないのだった。

一般に、世間の人たちが出くわすのは、通常物質、つまり、陽子と中性子でできた原子核とさまざまな量子エネルギー状態でそれをとりまく電子とからできている物体だ。だが、あらゆる恒星の内部には、第二の種類の物質がある――そこの圧力が電子殻を押しつぶすほどの途方もない大きさだからだ。その結果生まれるのが縮退物質——圧力と重力で原子核がたがいに押しつけられ、しかしその周囲の多少とも連続的な電子〝ガス〟によって接触をはばまれている状態である。そして、しかるべき条件がそろえば、第三の種類の物質も生まれるだろう。

条件——太陽の一・四四倍以上の質量をもった、燃えつきた白色矮星(わいせい)——一九〇〇年代のインドの天文学者にちなんで名づけられた、〝チャンドラセカール限界〟だ。これだけの質量の内部では、電子の圧力だけでは、電子自体を原子核から遠ざけておくことができなくなる。電子と陽子が押しつけられ——中性子ができはじめる。目もくらむ爆発とともに、その星の大部分は、縮退物質の圧縮されたかたまりから、ぎっしりつめこまれた中性子のひとかたまりへと変わる——これがニュートロニウム、理論的には、これが宇宙で可能な最高密度物質である。残った標準物質と縮退物質の大部分は、ここで解放される熱のために吹っとばされてしまう。

二週間のあいだ、この星はX線を放ち、その間(かん)に核の温度は絶対温度五十億度から五億度まで冷える。そのあとは、おそらく直径十六ないし二十キロの発光物体となる——まあ見えないのも同然の存在だ。BVS＝1が、発見された最初にして唯一の中性子星だというのも、ふしぎではない。

そして、ジンクスの知識学会研究所が、その捜索に多大の時間と労力をかけたこともふしぎではなかった。BVS＝1が発見されるまで、ニュートロニウムと中性子星は、単なる理論上の存在にすぎなかった。現実の中性子星の調査は、きわめて重要な意味をもつかもしれない。中性子星は、ほんものの重力制御への鍵を与えてくれる可能性があったからだ。

BVS＝1の質量——太陽の質量の約一・一三倍。

BVS＝1の直径（推定）——直径十八キロのニュートロニウム、それを蔽う厚さ八百メートルの縮退物質、それをさらに蔽う厚さ四メートルの通常物質。

このちっぽけな目にみえない星について知られていることは、ラスキン夫妻が調査に赴くまで、それ以外になにもなかった。いま研究所は、もうひとつ知識をつけ加えていた——その星の自転を。

「あれほど大きな質量になると、自転で空間をゆがめるのです」パペッティア人がしゃべっている。「ラスキンの船の描いた双曲線軌道が、その効果で歪み、そこからわたしたちは、この星の自転周期を二分二十七秒と推論しました」

ゼネラル・プロダクツ社屋の中のどこかにあるバーだった。どこかはまったくわからないが、転移ボックスがある以上、そんなことは問題じゃない。わたしはずっと、パペッティア人のバーテンダーを見つめていた。通常、パペッティア人のバーテンダーに注文を出すのはパペッティア人だけだ。どんな二足動物だろうと、誰かの口の中で調合された飲みものときけば、二の足をふむことだろう。わたしはすでに、夕食はどこかほかの場所でとることにきめていた。

「問題点はよくわかったよ」とわたし。「なにかが船殻をとおして乗員を叩きつぶし、ぐしゃぐしゃの血だまりにしちまった、なんてことが洩れたら、売れゆきにさわるだろう。だが、それがおれとどうつながるんだい？」

「わたしたちは、ソーニャ・ラスキンとピーター・ラスキンの実験を、もういちどやってみたいのです。その原因を見つけ――」

「おれを使って？」

「そうです。わが社の船殻が、なにを防げなかったのか、見つけなければなりません。当然あなたは――」

「やる気はないね」

「百万スター支払う用意があるのですが」

思わず食指が動いたが、それも一瞬のことだった。「せっかくだが」

「当然あなたは、ゼネラル・プロダクツ二号船殻を使って、お望みの船をつくりあげてよろしいわけです」

「ご親切に。でももう少し長生きしたいんでね」

「長生きも、監獄の中でではつまらないでしょう。ウイ・メイド・イットでは、債務者刑務所が再開設されましたよ。もし、ゼネラル・プロダクツが、あなたの貸借勘定を公に したら――」

「おい、ちょっと待――」

「あなたの負債は、五十万スターかそこらにのぼっています。あなたの出発に先立ち、わが社はそれを債権者に払いましょう。もし無事に帰還できたら――」ここで〝帰還したとき〟といわなかった正直さは見上げたものだった。「――残額をあなたに支払います。この飛行について、ニュース解説者から談話を求められるでしょうから、そこでも収入があるでしょう」

「好きなように船をつくっていいっていいったね？」

「当然です。これは調査飛行ではありません。あなたの無事な帰還が目的なのです」

「それで手を打とう」とわたし。

結局パペッティア人は、わたしを恐喝にかけようとしたのだ。その結果がどう出ようと、それはやつの自業自得ってものだろう。

彼らはきっちり二週間で船を完成させた。知識学会研究所の場合と同じく、ゼネラル・プロダクツ二号船殻が基盤で、生活システムはラスキン夫妻のものと同じだが、共通点はそこで終わりだ。中性子星を観測する装置などひとつもない。代わりに、ジンクス星の宇宙戦艦にも使えるくらい大きな核融合モーターを一基つけた。わたしがスカイダイヴァー号と名づけたこの船なら、その駆動力で安全限界内で三十Gは出せる。それに、ウイ・メイド・イット星の月に穴をあけられるほどのレーザー砲が一門、パペッティア人がひたすらわたしを安心させようとした結果である。もう戦うことも逃げることも望みのままだ。ことに、望みは逃げることにあった。

ラスキン夫妻の最後の通信は、五、六回くりかえして聞いた。ふたりを乗せた名なしの船は、BVS＝1の百六十万キロ上空でハイパースペースから離脱した。重力による空間歪曲のせいで、ハイパースペースにはいったままそれ以上接近するわけにはいかない。夫が連絡チューブにはいって観測装置の点検をしているあいだに、ソーニャは知識学会研究所をよびだした。「……まだ見えません、肉眼では。でも、その位置はわかります。ほかの星がうしろにはいるたびに、小さな光の輪ができるんです。ちょっと待ってください、ピーターの望遠鏡の準備ができました……」

このとき、中性子星の質量効果で、超空間波の連絡が切れた。それは予期された現象で、誰も心配したりはしなかった――そのときは。だが、このあとなにものかの襲撃をうけたとき、その同じ効果のために、船はハイパースペースへ脱出することができなかったわけである。

救助を買って出た一隊が船を発見したとき、作動していたのはレーダーとカメラだけだった。それだけではあまり参考にならない。キャビンにはカメラがおかれていなかった。しかし、前方をうつしていたカメラは、ほんの一瞬だが、スピードでぶれた中性子星の姿をとらえていた。のっぺらぼうの、みごとなバーベキューの熾火と同じオレンジ色をした円盤——木を燃やせるくらい裕福な知りあいのある人は知ってるだろう。この物体が中性子星になったのは、かなり昔のことなのだ。

「船は塗装しなくていいよ」わたしは支社長にいった。

「壁を透明にしたままで、こんな飛行をするのは無茶です。発狂してしまいますよ」

「おれは平地人じゃない。心をかきむしる裸の宇宙なんて、おれには心のなごむありふれた眺めさ。それより、うしろからなにかにしのびよられないようにしておきたいんでね」

出発の前日、わたしはゼネラル・プロダクツ社のバーにひとりですわって、パペッティア人のバーテンダーに、口の中で飲みものを調合させていた。なかなかの腕だ。バーの中には、二、三人ずつかたまったパペッティア人が散らばり、彩りに人間もふたり——しかし、まだ一杯やる時間には早い。バーの中はがらんとしている。

いい気分だった。これからわたしがいく場所がどこだろうと、負債はもうぜんぶ片づいている。借りものいっさいなしでここを離れるのだ。船だけはべつだが……

総体的にみて、生殺しのような立場からはすっかり足が洗えたわけだ。金持ちの亡命客ってのになるのもおもしろいだろう。

で、ふいに誰かが真向かいの席に腰をおろしたときには、思わずとびあがった。どこかほかの星からきたらしい中年の男で、値の張った真黒なビジネス・スーツを身につけ、雪のように白い左右不対称なあご髭をたくわえている。わたしは顔をこわばらせて立ちあがろうとした。

「おすわりなさい、シェイファーさん」

「どうして？」

答えるかわりに彼は青い円盤形のものをさしだした。地球政府要員の身分証だ。わたしはもっともらしくそれをじっくりとしらべたが、どうせ本物とにせものの区別がつくわけじゃない。

「わたしの名は、シグムンド・アウスファラー」とその役人は名のった。「あなたの契約に関して、ゼネラル・プロダクツ側の代理として、ひとこと申しあげておきたいのです」

だまったまま、わたしはうなずいた。

「あなたが口頭でされた契約の録音は、規定によりわれわれのところへ送られてきました。それについて、妙なところに気づいたのです。シェイファーさん。あなたは本当に、わずか五十万スターのため、そんな危険をおかすつもりなのですか？」

「金額はその二倍だけどね」

「しかし、実際に手にはいるのはその半分だけ。残りは負債の処理にまわってしまう。それから税金……まあ、それはいいでしょう。わたしが気になったのは、宇宙船はあくまで宇宙船であって、しかもあなたのは強力な兵器を装備し、足まわりも抜群だということです。もしあれを売る気になれば、優秀な戦闘艇として売れる」

「でもあれは、おれのもんじゃないぜ」

「そういうことを気にせぬ輩（やから）もおりますのでな。たとえばキャニョンの連中とか、ウンダーランドの孤立党だとか」

わたしは口をつぐんでいた。

「あるいは、海賊稼業を計画しておられるかもしれませんね。海賊は危険の多い仕事だし、まあ正気では考えられない話ですが」

宇宙海賊なんて、考えてもいなかった。しかしこれだと、ウンダーランドへ向かう案はあきらめなけりゃなるまい。

「シェイファーさん、わたしが申しあげたいのはこういうことです。たったひとりでも、取り引き上の重大な背信行為があれば、宇宙にいる全人類の評判をおとしめる結果になるかもしれない。どんな種族もたいていは、その同胞の倫理性を監視する必要を認めているようですが、われわれも例外ではありません。あなたにはそもそも、その船を中性子星へなど向ける気がないのかもしれない。どこかほかへもっていって売りとばす気かもしれない。そうも考えられるわけです。パペッティア人は、不沈戦艦など造らない。彼らは平和主義者です。その意味で、あなたのスカイダイヴァー号は、ほかに類例のないものです。

で、わたしはゼネラル・プロダクツ社の許可を得て、スカイダイヴァー号の中に遠隔操作の爆弾を仕掛けました。船殻の内側なので、その船殻もあなたを守ってはくれません。設置はきょうの午後に行ないました。

さて、通達します！　もしあなたから一週間以内に報告がない場合、わたしは爆弾を破裂させる。ここからハイパードライヴで一週間以内に到達できる惑星はいくつかあるが、そのすべては地球の支配権を認めています。もし逃亡するつもりなら、あなたは一週間以内に船を捨てなければならず、したがって、居住不能の惑星に着陸するとも考えられない。わかりましたか？」

「わかった」

「もしわたしの考えが誤りだったら、嘘発見機のテストをうけてそれを証明されればよい。それからわたしの鼻に一発くらわせてもよし、また手あつく謝罪もしましょう」

わたしは首をふった。彼は立ちあがると一礼し、酔いもさめはてすわっているわたしをあとに残して出ていった。

ラスキン夫妻のカメラで、四本のフィルムが撮影されていた。残された時間のあいだに、わたしはそれらをなんどとなくかけてみたが、異常なものなどなにも見つからなかった。もし船がガス雲をつっきったのなら、その衝撃で夫妻は殺されたかもしれない。近日点での船の速度は、光の速度の半分をこえていたからだ。しかし、それなら摩擦があるはずなのに、フィルムではなにかが熱せられたようすも見えなかった。もしなにか生きものが襲ったのだとしたら、そいつはレーダーにも、またおそろしく広範囲の波長域の光にも透明な怪獣だということになる。もし事故で姿勢制御ジェットが暴走したのなら――まるで藁をつかむような推測だ――その光がどのフィルムにもうつらなかったということになる。

BVS＝1の近くには、猛烈な磁力があるだろうが、それで被害をうけることはありえない。その種の力は、ゼネラル・プロダクツの船殻を貫通できないのだ。熱も同様だ。透過できるのは、この船殻をパペッティア人から買った異星種族の可視範囲帯域の輻射光だけだ。わたしはこのゼネラル・プロダクツの船殻に反感をもっているが、それはすべてそのつまらぬ非個性的なデザインからくるものである。あるいはおそらく、宇宙船の船殻が、ほとんどゼネラル・プロダクツ社の独占市場で、しかも地球人類の所有ではないという事実に腹が立つのかもしれない。しかし、もしわたしが、そう、たとえばあのドラッグストアで見たシンクレア社製のヨットに命をあずけるようなことになったら、わたしはむしろ刑務所ゆきのほうを選んでいたことだろう。

　刑務所も、許された三つの選択の中のひとつではある。しかし、はいったがさいご、一生のあいだ出られないだろう。アウスファラーがそのように手をまわすはずだ。また、このスカイダイヴァー号で逃げだす手もある。受けいれてもらえるところはない。もし、ウィ・メイド・イットから一週間以内のところに、未発見の地球型惑星を見つけることができるならべつだが……

　とても見こみはあるまい。ＢＶＳ＝１のほうがまだましというものだった。


　光の輪のきらめきがだんだん大きくなってくるような気がしたが、ほんの時たま光るだけなので、確信はない。ＢＶＳ＝１はまだ望遠鏡でも見えなかった。もう見るほうはあきらめ、腰を落ちつけて待つことにした。

　じっと待っていると、ずっと昔、ジンクス星で過ごした夏のことを思いだした。そこで、雲が切れて、むきだしの地上に青白色の陽光が降りそそぐために屋外へ出られないとき、わたしたちはパーティ用のゴム風船に蛇口から水をつめて、三階の窓から歩道へ投げおとしたものだ。そうすると、じつにきれいなしぶき模様ができるが、またあっというまにかわいてしまう。そこでわたしたちは、風船に少しばかりインキをいれてから水をつめることにした。こうすると模様が残る。

座席が崩壊したとき、ソーニャ・ラスキンは席についていた。血液の標本からみると、うしろからその座席に叩きつけられたのはピーターだった。非常な高みから落とされた水入り風船のようにだ。

ゼネラル・プロダクツの船殻を通りぬけたのは、いったいなんだったのか？

あと十時間の下降。

緩衝ネットをはずすと、ひとめぐり点検に出かけた。連絡チューブは直径九十センチ、自由落下(フリーフォール)状態で通りぬけるのにちょうどいい太さだ。はるか下方には核融合チューブが全長にわたって見てとれる。左側にあるのはレーザー砲だ。右側には、ジャイロや、バッテリーや発電機や、空気製造装置、ハイパードライヴ・モーターなど、この点検口に通じる何本もの曲がりくねった枝道チューブの入口。すべては順調だ――わたし以外は。わたしは全身がぎくしゃくしていた。跳ぶたびに、いきすぎたり、とどかなかったりする。船尾のいきどまりには向きをかえるだけの余裕がなく、枝道のあるところまで十五メートルもうしろ向きにもどらなければならなかった。

あと六時間だが、まだ中性子星は見えない。たぶん、見えるとしても、光速の半分以上で通過する一瞬のあいだだけだろう。すでに船の速度はおそろしいほどにちがいない。

星々は青みをおびているだろうか？

あと二時間――たしかに星の色は青くなってきていた。船は、それほど高速なのか？

それなら後方の星は赤く見えるはずだ。装置類がうしろの視界をさえぎっているので、ジャイロを使ってみた。船は奇妙に鈍い動きで方向を変えた。うしろの星々も、赤くはなく、青みをおびていた。まわりじゅう、青白い星ばかりなのだ。

おそろしく急傾斜の重力井戸（グラヴィティ・ウエル）に光が落ちていくところを想像してほしい。加速はされない。光は光より速くは動けないからだ。しかしそれは、振動数というかたちでエネルギーを増していく。船が下降するにつれて、光はそれだけ強く降りそそいでくるのだ。

そのことをディクタフォンに吹きこんだ。たぶんこのディクタフォンは、船内のなによりも厳重に防護されているだろう。そいつを使って報酬に見合うだけのことはしてやろうと、わたしはすでに心をきめていた。まるで生きて残額を受けとる気でいるかのように。内心は、この星の光がどこまで強まるのだろうかと、そればかり気にしていたのだが。

スカイダイヴァー号は、その中心軸が中性子星に向かうような垂直の姿勢にもどっていたが、いまは船首を外側に向けていた。わたしは、水平の位置に船をおいたつもりだったのに。なんとも不器用になってしまったものだ。ジャイロを動かした。船はふたたび不承不承に動きだしたが、それもちょうど九十度あたりまでだった。あとは自動的に動きつづけ、最初の位置におさまった。あたかもスカイダイヴァー号が、中心軸を中性子星に合わせたがっているみたいだった。

どうも気にくわない。

もういちど操作を試みたが、ふたたび、スカイダイヴァー号は抵抗した。しかも今回は、なにかべつのものが介入してきた。なにかがわたしを引っぱるのだ。

　そこで、緩衝ネットをはずした――とたんに、頭から、船首のほうへ墜落した。


　その引きはごくかるく、十分の一Gかそこらだった。墜落というより、蜂蜜の中を沈んでいくような感じがした。もとの座席までよじのぼると、ネットをかけ、前向きにぶらさがった格好で、ディクタフォンのスイッチをいれた。それからこの現象のことを、いつかこれをきく連中が、いずれはわたしの正気を疑うほかなくなるだろうくらいにまで、微に入り細をうがって説明した。

「ラスキン夫妻の身に起こったのはこれだと思う」と、わたしはしめくくった。「もしその引きがもっと強くなるようなら、また報告する」

　これだと思う、だと？　いや、これにまちがいない。この奇妙な、おだやかな引きは、まったく不可解である。その不可解ななにかが、ピーター＆ソーニャ・ラスキン夫妻を殺したのである。証明終わり、だ。

　中性子星があるはずの一点の周囲では、星々が、油絵の具の点々を外向きに指でこすったような様相を呈していた。怒りに燃えるその、痛いほどの輝き。わたしは前向きにネットの中でぶらさがったまま、必死に考えをまとめようとした。

一時間ほどで、はっきり確信できた。引きは徐々に強まっている。――しかも、このさきまだ一時間の下降が残っているのだ。

なにかがわたしを引っぱっている。だが、それは船内のものじゃない。

いや、そんなことはありえない。ゼネラル・プロダクツの船殻をとおして、なにがとどくというのだ？　むしろ逆の現象にちがいない。なにかがこの船を押しもどして、コースをそらせようとしているのだ。

もしこれがもっとひどくなるようなら、推進モーターを駆動して釣り合わせることもできる。だとすると今のところ、船はBVS＝1から押し離されているわけで、わたしにとってはありがたい話だ。

しかし、もしそうでなかったら、もし船がなにかの力でBVS＝1から押し離されているのでなかったら、ここでモーターなどふかしたら。スカイダイヴァー号は、直径十八キロのニュートロニウム球に激突することになるかもしれない。

そういえば、なぜすでにそのロケット・モーターは噴射をはじめていないのだろうか？　もし船が軌道からそれだしたら、オートパイロットがそれに抵抗するはずだ。加速計はちゃんとしている。連絡チューブをとおってひとめぐり点検してまわったときには、なんともなかったのだ。

なにものかが船と加速計を同時に押しやりながら、わたしだけには作用していないのだとしたら？　これも結局は、同じ不可能性に帰結する——ゼネラル・プロダクツの船殻をとおして作用できるなにか、である。

理論なんてくそくらえだ、と、わたしは口の中でつぶやき、ディクタフォンに向かった。「この状態じゃ、とてもいられない」ことばをつづけ、「引きが危険なくらい強いんだ。これから軌道を変えることにする」

もちろん、ここで船を外へ向けてロケットをふかせば、それによる加速もこのX力（フォース）に加えることができる。ひどい重圧だろうが、しばらくなら堪えられるだろう。もし船がBVS＝1から一キロ以内に近づいたりしたら、わたしはソーニャ・ラスキンと同じ最期をとげることになる。

彼女もわたしと同じように、ネットの中で前向きにぶらさがってじっと待っていたのにちがいない。駆動モーターもなく、圧力が高まって、ネットがからだにくいこんでも待ちつづけ、ついにはネットが切れて彼女は船首に落ちこみ、そこで押しつぶされてひきくだかれ、やがて当の座席自体もX力にもぎはなされて、その上に落下したのだ。

ジャイロのスイッチをいれた。

だがジャイロには、もう船をまわすだけの力がなかった。三回やってみた。そのたびに、船体は五十度くらいまでまわって、そこで動かなくなってしまい、ジャイロのうなりばかりがいたずらに高まっていく。スイッチを切ると、船はさっさともとの位置へもどってしまう。中性子星に船首を向けたままの姿勢をたもっていくほかなさそうだった。

あと三十分というところで、X力は一Gをこえた。全身の空洞部が苦悶の声をあげていた。両の目玉は熟れきっていまにも落っこちそうだ。煙草が吸えたかどうかもわからないし、ためしてみるチャンスもなかった、さっき船首へ墜落したとき、〈しあわせ〉のパックをポケットから落としてしまったのだ。それがそのまま、わたしの手のとどく一メートルほどさきにある。X力がわたし以外のものにも作用している証拠。うっとりするような眺めだ。

これ以上は保ちそうにない。もしそれが中性子星へさか落としの結果になろうとも、モーターを使うしかない。そこでそのようにした。噴射による推力を、自分がだいたい自由落下状態になるように合わせた。からだの末端にたまっていた血が、しかるべき場所へもどってきた。重力計は一・二Gをさしている。このうそつき野郎、とわたしは毒づいた。

煙草のパックが船首の空間で浮き沈みしているのを見て、もう少しスロットルをひらけばここまでもどってくるんじゃないかという気がした。そうやってみた。パックはわたしのほうへただよってき、わたしは手をのばしたが、そいつはまるで生きもののようにスピードをあげると、つかもうとするわたしの手をすりぬけた。耳のあたりでもういちどつかまえかけたが、こんども向こうの動きが速すぎた。こっちが事実上自由落下の状態にあることを考えると、ちょっと考えられないほどの速さだ。そのまま後ろの休息室へのドアをくぐり、さらにスピードを加え、かたちもぼやけてみえるほどの速さで連絡チューブの入口へ消えた。数秒後、バシンというかたいひびきが聞こえた。

しかし、そんな馬鹿なことが。すでにX力は、またわたしの顔へ血を引きよせはじめている。わたしはライターをとりだし、腕をいっぱいに前へのばして手を離した。それはゆっくりと船首へ落ちていった。しかし、あの〈しあわせ(フォーチュナドス)〉のパックは、まるでビルの上からでも落ちたような音を立てたのだ。

まてよ。

もういちどスロットルをわずかに押した。水素核融合のつぶやくような音で、わたしは思いだした。こんなことをずっとつづけていると、ゼネラル・プロダクツの船殻を、未曾(みぞ)有(う)の苛酷なテストにかけることになる――そいつを半光速で中性子星につっこませるテストだ。その結果がどうなるかもわかっている――わずか数立方センチの矮星物質を船首の先端につめこまれた透明な船殻。

あのうそつき重力計が一・四Gをさしたとき、ライターは船首から浮きあがってこっちに漂ってきた。そのまま浮かせてみた。うしろのドアのあたりまでいったとき、それは明らかに落下をはじめていた。スロットルをもどした。推力が減ったため、わたしのからだは手あらく前へ引かれたが、顔はうしろに向けていた。ライターは速度をゆるめ、連絡チューブの入口で、ためらっているようだった。やがて意を決したように通りぬけていった。ききき耳をたてていたわたしは、船全体が銅鑼のように鳴りひびくのをきいて、とびあがった。

そういえば、重力計は船のちょうど重心におかれている。さもなければ、船の質量が針の位置を狂わせるだろう。パペッティア人は、少数点下十桁までを狙う正確さの鬼なのである。

ディクタフォンをひきよせ、ふたことみこと早口で吹きこんでから、オートパイロットの再プログラミングにとりかかった。さいわい、やらせたいプログラムは簡単なものだった。X力はまだわたしにとって、未知のX力にすぎないが、その作用のしかたはすでにわかった。うまくいけば、ここを切りぬけられるかもしれない。

星々の光はおそろしいほど青く、あの特別な一点の周辺だけが縞模様にゆがんでみえる。もう今ではその小さくにぶい赤い点が見えるように思えたが、そんな気がしただけかもしれない。二十分後に、船は中性子星の近傍をかすめることになる。うしろには駆動モーターのつぶやき。事実上無重力の状態で、わたしは緩衝ネットをはずすと、座席からただよい出た。

船尾へ向かって、そっとからだを押しやる——のばした脚を、見えない手がつかんだ。

座席の背につかまったわたしの指に、五キログラムほどの重みがかかっている。この力は急速に弱まるはずだ。わたしはオートパイロットを、あと二分のあいだに推力が二Gからゼロまで減っていくようにプログラムしたのである。あとはただ、推力がゼロになったとき、連絡チューブの中の、船の重心にいるようにすればいい。

なにものかが、ゼネラル・プロダクツの船殻をとおして、船をつかんでいる。直径二十キロの太陽に幽閉されたサイコキネシス生物だろうか？　しかし、およそ生あるものが、どうしてそんな重力に堪えられようか？

その周回軌道上にならば、ありうるかもしれない。空間にも生命はある――アウトサイダー人や星間種子（スターシード）や、ほかにまだ見つかっていないものもあるだろう。そもそも場合によっては、BVS＝1そのものが生きていることだって考えられる。そんなことはどうでもいい。X力がなにをしようとしているかは、すでに読めた。そいつは、この船を引きちぎろうとしているのだ。

指にかかっている圧力がなくなった。それをつき放すと、後方の壁に、脚を曲げながらおり立った。ドアの上に身をかがめ、船尾すなわち上方を見やる。無重力状態がやってきたとき、くるりとそこを通りぬけて休息室にはいり、そこから下方すなわち船首の方向をふりかえる。

重力の変化は予想外に早いようだ。ゼロ・アワーが近づくにつれてX力は強まり、それを補正するロケットの推力は落ちている。X力は、船を前後に引きちぎるように作用している。船首では前向きに二G、船尾では後向きに二G、そして船の重心では、ほとんどゼロに近いはずだ。そうなることを、わたしは願っていた。煙草のパックとライターは、まさにその力が船尾へ向かうにつれ一センチごとに増しているかのように動いたのである。

休息室のうしろの壁までは、五メートルほどある。わたしは、空中で重力の方向が変わるようになるときを待ってとびあがった。手が向こうの壁につき、そのままはねかえった。跳ぶのが少々おそすぎたのだ。推力が減るにつれて、無重力地帯は船内を波のように移動していく。わたしは取り残されていた。すでに向こうの壁は、こっちの〝上〟にあり、連絡チューブはそこからさらにのびているのである。

二分の一Gにちょっと足りないくらいの重力下で、わたしは連絡チューブに向かって跳んだ。直径九十センチのトンネルの内壁に目をすえながら、ひどく長いあいだ空中に静止していたのち、落ちはじめようというときになってはじめて、なにもつかまるものがないことに気づいた。それでわたしは両手をチューブに押しつけ、左右へ押しひろげるようにした。それでちゃんと支えられた。わたしは自分のからだを引きあげ、這い進みはじめた。

ディクタフォンは五メートルの下方にあり、とても手はとどかない。ゼネラル・プロダクツ社にもっといってやりたいことがあるなら、直接会っていうよりほかはない。たぶんそのチャンスはあるだろう。なぜならわたしは、船を引きちぎろうとしているものがなにかを知ったからだ。

それは潮汐力なのだ。


モーターはすでに停止し、わたしは船のどまんなかにいる。鳥の丸焼きみたいな姿勢でいるのが、だんだん苦痛になりかけていた。近日点まで、あと四分だ。

下方のキャビンの中でなにかがきしんだ。それがなにかは見えなかったが、放射状に並ぶ青い線の中で、井戸の底に提灯でもつけたように光っている赤い点は、はっきりと見えた。側面の方向では、核融合チューブやいくつものタンクや種々の装置類のあいだから、青い星々がほとんど紫色に近い光を放って、こっちをにらんでいる。長く見つめているのがこわかった。本当に、目がつぶれそうな気がした。

キャビンにはすでに数百Gの重力がかかっていたにちがいない。気圧の変化すら感じられた。この高度、操縦室から五十メートルの高みでは、空気も稀薄なのだ。

そして今、いきなりその赤い点が点以上のものになった。ゼロ・アワーだ。赤い円盤がこっちへとびついてきた。船がぐいとわたしのまわりで向きを変えた。わたしはあえぎ、目をかたく閉じた。巨人の手がわたしの腕と脚と頭を、やわらかく、だがしっかりととらえ、からだをふたつに引きちぎろうとした。この瞬間、ピーター・ラスキンもこうして死んだのだろうと思いあたった。彼もわたしと同じ推測をし、連絡チューブの中に逃がれようとした。だが、彼は手をすべらした……いまわたしがすべらせているように……。操縦室から、金属のひき裂けるさまざまな悲鳴が聞こえてくる。わたしはチューブのかたい壁に、必死に足がかりを求めた。なんとか、持ちこたえた。

目をひらいたとき、赤い点は無へと縮まっていくところだった。

パペッティア人の支社長は、わたしを検査のため入院させるといってがんばった。わたしも、べつに反対はしなかった。顔と両手は焼けてまっかになり、火ぶくれができていたし、まるでぶちのめされたあとのような痛みも残っている。休息と、そしてやさしい親身の看護、まさにそれが必要な局面だった。

二枚の就寝プレートのあいだに、ひどい気分で浮かんでいるところへ、看護師がやってきて来客のあることを告げた。彼女の世にも奇妙な表情から、来たのが誰かわかった。

「ゼネラル・プロダクツの船殻をとおりぬけたのはなんだったんだ？」と、わたしはたずねた。

「あなたがきかせてくれると思っていましたが」支社長は、一本のうしろ脚に体重をあずけ、緑色の香煙を放つ棒みたいなものをくわえていた。

「ではそうしようか。重力さ」

「冗談はやめなさい、ベーオウルフ・シェイファー。これは死活にかかわる問題です」

「冗談なんかじゃない。おたくの惑星には月があるかね？」

「その情報は秘密です」パペッティア人は臆病なのだ。彼らの母星を知るものは誰もいないし、とうてい見つかりそうにもない。

「月が主星に近づきすぎるとどうなるかは知ってるね？」

「ばらばらにこわれます」

「なぜ？」

「知りません」

「潮汐力のせいだよ」

「潮汐力とはなんですか？」

ほほう、とわたしは口の中でつぶやき、ことばをつづけた。「じゃあ、これから説明してみよう。地球の月は、直径約三千五百キロで、地球に対しては自転していない。さてこで、その月面上の、ふたつの石ころに目をつけてほしい。地球にいちばん近い点にあるのと、いちばん遠い点にあるのと」

「いいでしょう」

「さて、このふたつの石ころは、勝手に動けたら、たがいに遠ざかっていくことは明白だろう？　両者はふたつのちがった軌道、つまり同心軌道で、いっぽうは他方の約三千五百キロも外側をまわってるんだから。それなのに、このふたつの石ころは、同じ軌道速度で動くように強制されているんだ」

「外側の石のほうが速く動いています」

「いい線いってるよ。という次第で、月を引きちぎろうとする力が、現実にあるわけだ。月の重力がそれを引きとめている。月も、ある程度以上地球に近づいたら、このふたつの石ころは、離れ去っていくだろうね」

「なるほど。ではその〝潮汐力〟が船を引きちぎろうとした。その力が、研究所の船の生活システムでは、緩衝座席を台座から引きちぎるほどの強さになったのですね」

「そして人間も押しつぶすほどにね。考えてごらん。船首はBVS＝1の中心からわずか十キロだ。船尾はそれより九十メートルも遠くにある。勝手に動けたら、まったくべつの軌道をとるはずだ。船がいちばん近づいたときには、おれの頭と足も同じことをやろうとしたっけ」

「なるほど。あなたは脱皮中なのですか？」

「なんだって？」

「ところどころ、外側の皮膚が失われているように見うけられますが」

「ああ、これか。星の光でひどく陽焼けしちまったのさ。たいしたことはない」

ふたつの頭が、まばたきするほどのあいだ、おたがいを見つめあった。肩をすくめたのだろうか？　パペッティア人がいう。「報酬の残額は、ウイ・メイド・イット銀行に供託しました。シグムンド・アウスファァラーという地球人が、税額が算出されるまでその金額を凍結しました」

「だろうと思ったよ」

「もし、いますぐ記者会見をして、研究所の船になにが起こったかを話してくださるなら、一万スターお支払いします。現金ですから、すぐに使えますよ。ことは急を要するのです。もういろいろな噂が流れていますので」

「いいとも、ここでよければね」ふと思いついたようにつけたした。「それから、おたくの惑星に月がないことも話そう。脚註として役に立つだろうから」

「どういうことかわかりませんが」しかし長い二本の首は、ぐっとうしろに引かれ、ハペッティア人はまるで二匹の蛇みたいにわたしをねめつけた。

「月があれば、潮汐力のことは知っていたはずだ。知らないではすませない話さ」

「いかがでしょう、報酬の件を――」

「百万スターに？　いやあ、ありがたい。この秘密を文書契約にしたければ、喜んでサインもしますよ。ところで、こんどは恐喝される側になってしまったのは、どんな気持ちですかね？」

太陽系辺境空域

小隅 黎◎訳

The Borderland of Sol

ジンクス星で三カ月、足どめをくった。

はじめの一カ月は、ゆきずりの旅行者みたいにして過ごした。大洋をとりまく高圧地帯はいちども見ていない。そこへおりていくには、狩猟用のタンクが必要だったからだ。だが、海の両側の人間の居住可能な場所は、東岸の文明地帯も西岸の開発途上地帯も、ぜんぶまわってみた。気密服を着こんで東極地域(イースト・エンド)をうろつき、醸造所その他の真空利用工場を訪れ、このジンクス星と双児の兄弟にあたるでっかいオレンジ色の巨大惑星を見あげることもやった。

二カ月めはほとんど知識学会研究所(インスティテュート・オヴ・ナレッジ)とキャメロット・ホテルのあいだから離れなかった。観光旅行なんて、もうたくさん。

わたしとしては、異常なことだった。生まれついての旅行者だというのに。だが――

ジンクスの一・七八Gという重力が、この地の建築デザインに、途方もない制約を課しているのだ。どっちの居住可能地帯でも、建築はどれも似たりよったり。優雅さや精巧さなどとはほど遠く、どれもずんぐりどっしりと腰をすえている。

東極と西極の真空地帯はまた、どこの工業衛星とくらべようとなんの差異もない。そこにある工場群を見てまわっても、たいして興味は湧かなかった。

大洋の両海岸線地帯となると、そこへ出かけていくのは、バンダースナッチ狩りの車くらいのものだ。バンダースナッチは、奇怪な生物である。山のように巨大な、知性をもった白いナメクジだ。向こうさんは、タンク狩りに出てくる。タンクの装備には、厳格な規制がある。バンダースナッチの側にも四十パーセントくらいの勝率があるように、人間とバンダースナッチとのあいだで協定が結ばれているのだ。そんなものに首をつっこむ気にはなれなかった。

しかも、旅行はぜんぶ、わたしの母星の三倍にあたる重力下でなされるのである。

三カ月めはもっぱらシリウス・メイタ市内で、それも多くは、客室のほとんどに人工重力装置のついているキャメロット・ホテルにとじこもって過ごした。外へ出るときは、浮上式の自走担架（カウチ）に乗った。病人みたいな格好でジンクス人のあいだを通っていくと、笑われているような気がする。それとも、わたしの思いすごしだろうか？

カルロス・ウーとばったり出会ったのは、知識学会研究所のホールでだった。彼はそこで、クダトリノ人の触感彫刻に、指を這わせているところだった。

色が黒く、やせ型のほっそりした肩と、黒いまっすぐな頭髪をもったカルロスは、ふつうの重力下でなら、猿のように身軽な男だ。だが、このジンクス星では、彼もわたしのとそっくりな自走カウチに乗っていた。小首をかしげて、その胸像を、しげしげと眺めている。わたしのほうは、信じられぬ思いで、見なれた彼のうしろ姿を見つめた。

「カルロス、地球にいたんじゃなかったのか？」

彼はとびあがった。しかし、カウチがぐるりとこっちへ向いたとき、彼はもう笑顔だった。「ベイじゃないか！　ぼくも同じことをきみにいいたいね」

たしかにそのとおりだ。「地球へ向かってたんだが、太陽系のまわりで、れいの船の消失がはじまったら、船長が気を変えて、船をシリウスへ向けたのさ。乗客の身じゃ、どうするわけにもいかない。で、きみのほうは？　シャロルと子供たちはどうしてる？」

「シャロルも元気、子供たちも元気、みんなきみの帰りを待ってるよ」彼の指はまだ、ルルービーの作に成る〈英雄たち〉と名づけられた、温かい肉感的な材質の表面をまさぐりつづけていた。〈英雄たち〉は、触感彫刻としては異例の作品だ。材質の触覚と同時に、視覚にも訴えかけているのである。カルロスは、ふたつ並んでいる人間の胸像を見つめながら、「あれは、きみの顔だね？」

「ああ」

「いや、きみがあんなに男前だったことがあるとは思えないがね。でも、どうしてクダトリノ人が、ベーオウルフ・シェイファーを、古典的な英雄なんぞに選んだんだ？　きみの名前のせいか？　それに、もうひとりのほうは誰だい？」

「その話は、いずれまたな。ただカルロス、きみはこんなところでなにをしてるんだ？」

「ぼくは……ルイスが生まれた二週間後に地球を出たんだが」妙に狼狽した口ぶりだ。なぜだろう？　「もう十年も地球を離れてなかったんでね。ちょっとゆっくりしたかったのさ」

だがそうすると、彼はわたしが地球へ帰り着く予定の日の直前に出発したことになる。それに……カルロス・ウーにはわずかながら宇宙恐怖症の気味があると、誰かがいってなかったか？　ようやくどこがまずいのか、わかってきた。「カルロス、そいつはシャロルとおれに対して、たいへんな好意だぜ」

彼は顔をそむけて笑った。「そういう好意を要求して、人間は昔から殺しあってきたもんさ。ぼくはただ、きみが帰ったときにはいあわせないほうが……なんというか……スマートだと思っただけだよ」

それでわかった。カルロスがここにいるのは、一にかかって、地球の出生管理局が、わたしには子供をもつ許可を与えてくれそうにないためだったのだ。

実のところ、管理局が出産権をもつ親の数を減らすためにどんな言辞を弄しようと、非難するわけにはいかない。わたしはアルビノである。シャロルとわたしは求めあっていた。だが、ふたりとも子供がほしいのに、シャロルは地球を離れることができなかった。彼女は宇宙恐怖症で、異質の空気、一日の長さの変化、重力のちがい、足もとにひろがる黒い空などには堪えられなかったのだ。

唯一の解決策は、よき友に助力を求めることだった。

カルロス・ウーは、病気や怪我に対する驚くべき抵抗体質という、きわめつきの天分を持っている。全地球百八十億住民の中で六十何人しかいない、無制限出産権の持ちぬしのひとりなのだ。毎週のように似たような申し出をうけながら……親友として、わたしたちの求めに応じてくれた。過去二年のあいだに、シャロルとカルロスはふたりの子供をつくり、それが今、地球で、わたしが父親の座につくのを待っているのだった。

彼のやってくれたことに対しては、感謝の念以外になにもない。「スマートさに対するおたくの偏見は、大目に見ておこう」わたしは鷹揚（おうよう）に答えた。「さあて、こうしてジンクスに釘づけになっているあいだに、少し案内でもしようか？　いろいろおもしろい人たちにも会ったし」

「きみはいつもそうだな」彼は、ちょっとためらいを見せてから、「ぼくは実のところ、釘づけってわけでもないんだ。帰りの船に席がある。きみも乗せられるかもしれない」

「ほんとか？　でも、きょう日、太陽系（ソル）へ向から船があるとは思わなかったな。出てくる船もだが」

「この船の持ちぬしは、政府高官でね。シグムンド・アウスファラーって名前をきいたことがないかい？」

「そういえば……おっと！　待った！　シグムンド・アウスファラーに最後に会ったのは、やつがおれの船に爆弾をしかけた、そのすぐあとだ！」

カルロスは目をぱちくりさせた。「冗談だろう」

「本当だよ」

「シグムンド・アウスファラーは、異星局の役人だ。宇宙船の爆破なんてのは、仕事の範囲じゃないよ」

「たぶん休暇中だったんだろう」憎々しげにいってやった。

「いや、たしかにきみが、彼の船に乗りたくないことはわかったよ。それじゃ、まあ――

――」

だがわたしはすでに、別のことを思いついて、そこからぬけられなくなっていた。「待ってくれ、やつに会おう。どこにいけば見つかる？」

「キャメロット・ホテルのバーさ」カルロスがいった。

自走カウチにゆったりと背をもたれさせたまま、エア・クッションに乗って、わたししたちはシリウス・メイタの街上をすべっていった。歩道に沿って植えられたオレンジの樹が、重力のせいで寸づまりになっている。その幹は太い円錐形で、枝に生ったオレンジは、ピンポン球に毛が生えたほどの大きさしかない。

この世界が、それを変えてしまったのだ。われわれの世界が人間を変えたのと同じように。地下文明と〇・六Gの重力が、わたしをアルビノで、ステッキみたいにひょろ長い男にしてしまった。この街上にいるジンクス人たちは、男も女も、煉瓦さながらに低く太い。その中にちらほらまじっている外来者は、まるでクダトリノ人かピアスンのパペッティア人なみに、ひどく異質なものにみえる。

そうこうするうち、キャメロット・ホテルについた。

このホテルは低い二階建てで、まるで立体派の描いた蛸みたいに、シリウス・メイタのダウンタウン数エーカーにわたって手足をのばしている。ほかの惑星からやってきたもののほとんどがここに泊るのは、客室にも廊下にも重力制御が完備し、また、人類版図内で最高の博物館や研究コンビナートを擁する知識学会研究所へも近いからである。

キャメロット・ホテルのバーは、全体が地球重力に合わせてある。入口のホールでカウチからおりると、やっと人間らしく歩をすすめた。大きな顔いっぱいに笑みを浮かべたジンクス人たちが、まるでゴムの煉瓦がはずむような足どりではいっていく。ジンクス人も低重力が好きなのだ。ほかの惑星へ移住していくものも多い。

アウスファラーは、すぐに見つかった。まん丸い顔に、ウェーヴのかかった濃く黒い髪と、薄くて黒い口髭のある、おだやかな物腰の平地人(フラットランダー)だ。近づいていくと、立ちあがった。「ベーオウルフ・シェイファー！」満面の笑み。「またお会いできようとは！　たしかもうかれこれ八年になりますな。その後どうしておられますか？」

「生きてますよ」と、わたし。

カルロスが両手をせわしなくこすり合わせた。「シグムンド！　どうしてあんたは、ベイの船に爆弾なんぞしかけたんだ？」

アウスファラーは、びっくりしたように目をしばたたいた。「彼が、自分の船といったのかね？　それはちがう。彼は、その船を盗もうと考えていたわけでね。わたしはただ、時限爆弾がかくされているから、盗むわけにはいかないことを説明しただけだよ」

「でも、どうしてあんたがそんなことを？」カルロスは、隣りのソファーにすべりこんだ。

「あんたは警察官じゃない。異星局の特別外交部につとめていたはずだ」

「その船が、ゼネラル・プロダクツ社の所属だったからさ。この会社は、ピアスンのパペッティア人の所有で、人間のものではないのでね」

カルロスが、こっちへ顔を向けた。「ベイ！　見そこなったぞ」

「冗談じゃない！　やつらは、おれを恐喝にかけて、自殺同然の仕事に追いこんだんだぜ！　そしてこのアウスファラーは、それがうまくいくようにお膳立てをしたんだ！　まったく、これまでみた最低のスマートさの見本みたいな話さ！」

「この席が防音になっててよかったな」と、カルロス。「なにか注文しようや」

防音フィールドのあるなしにかかわらず、もう周囲の視線があつまっていた。わたしも腰をおろした。飲みものがとどくと、大きくひと口すすった。いったいなぜ、爆弾のことなんか、しゃべっちまったんだろう？

アウスファラーが話している。「では、カルロス、いっしょにくるのは取りやめにするといわれる？」

「いいや、友達がいっしょに来てくれさえすればね」

アウスファラーは眉をひそめて、わたしに目を向けた。「あなたも地球へいきたいので？」

心はきまっていた。「その気はないね。実のところ、カルロスを乗せるのもやめさせたいと思ってるんだが」

カルロスが、「おい！」

負けずに声を高めた。「アウスファラー、このカルロスが誰だか知ってるのか？　十八歳で、無制限出産権を手にいれた男なんだぞ。十八歳でだ！　あんたが自分の命を危険にさらすのは、いっこうにかまわんし、いっそすすめてやりたいくらいだ。しかし、この男についてては――」

「そんなひどい危険なんてあるものか！」カルロスが叩きつけるようにいう。

「はあん？　消息を断った八隻の船になかったなにが、そのアウスファラーの船にあるというのかね？」

「ふたつある」アウスファラーが、辛抱づよい口調でいった。「ひとつは、この船が地球に向かうものだということ。八隻のうち六隻は、太陽系を離れる途中で消失している。太陽系の近辺に海賊がいるとすれば、出ていく船のほうが探知しやすいわけだ」

「はいっていく途中のも二隻あったぜ。二隻、五十人の乗員と船客が消えてる。どうだ！」

「そうやすやすとはつかまらんよ」アウスファラーは、昂然と、「わたしのホボ・ケリイ号は、擬装船だ。貨客船を装っているが、じつは武装をもち、三十Gで加速のきく軍艦なのだ。通常空間でかなわぬ相手にぶつかったら、いつでも逃げきれる。相手は海賊だろう。そうだな？　海賊なら、船を破壊する前に、まず掠奪しようとするものだよ」

これには興味をそそられた。「ほう？　だがどうしてそんな擬装を？　まるで襲われることを望んでるみたいじゃないか」

「もし本当に海賊がいるなら、そのとおり、襲われることが目的だ。しかしこれは、太陽系へはいるときの話ではない。一種のすりかえ計画だよ。つまり、ごくありきたりの貨物船が地球へ到着し、なにか金目のものを積みこんで、ウンダーランドへの直線コースで出航する。途中、小惑星帯（ベルト）へさしかかる手前のところで、わたしの船がすりかわるという寸法だ。これで、ウーさんの貴重な遺伝子にはなんの危険もないことが、あんたにもおわかりいただけたと思うがね」

手のひらをぴったりテーブルにつけ、両腕をまっすぐのばして、カルロスは立ちあがると、のしかかるように身をのりだした。「申しあげにくいことではあるが、この件は、ぼくのくそいまいましい遺伝子自身の問題で、ぼく自身の好きにさせていただきたいね！　ベイ、ぼくはもう自分に割りあてられた子供に加えて、きみのぶんまでつくったんだぜ！」

「落ちつけよ。カルロス。決して、きみの神聖なる権利に口をはさもうってんじゃないんだから」わたしは、アウスファラーに向きなおると、「おれにはまだ、この船の消失事件に、なぜ異星局の特別外交部がからんでくるのか、わからないんだがね」

「船客の中に、異星人がいたのだよ」

「あ、そうか」

「それに、海賊そのものが異星人であるかもしれん。当然、人類のまだ知らぬ技術を持っているだろう。太陽系から出る途中で消えた六隻のうち五隻は、これから超空間駆動（ハイパードライヴ）にはいるという報告をよこしたあとで消失しているのだ」

思わず口笛が出た。「やつらは、ハイパードライヴ中の船をひっかけたっていうのか？

そんなこと、不可能だ。そうじゃないのか？　カルロス？」

カルロスは、口をへの字にまげた。「それが実際に起こったとしたら、不可能とはいえないよ。でも、その原理まではわからないね。ただ、もし船が単に消えたというだけなら、これは話が別だ。どんな船だろうと、ハイパードライヴのまま重力井戸の中へ深入りしすぎると、そういうことになる」

「じゃあ……海賊なんかじゃないかもしれない。カルロス、超空間（ハイパースペース）になにか生きものがいて、そいつが船を食うってこともありうるんじゃないかな？」

「たしかにありうるだろうな。ベイ、世評にそむいて悪いけど、ぼくだってなんでも知ってるってわけじゃない」しかし一分後、彼は首をふった。「やっぱりそいつはいただけないよ。むしろ、太陽系の外縁部に、未知の質量があるというほうがましだろうね。ハイパードライヴでそれに近づきすぎた船は、当然消えてしまう」

「いいや」とアウスファラー。「質量ひとつで、消失事件のすべてをひきおこすことはできない。どう理屈づけるにしろ、惑星は重力と慣性の法則に束縛されている。コンピュータでシミュレーションをおこなったところ、少なくとも三個の巨大質量が、どれも発見されないままで、いっせいに主要航路へ侵入してきたとしなければ、そんなことは起こりえないことがわかったのだ」

「大きさは？　火星くらいか、それ以上かい？」

「とすると、あんたももうそのことは考えずみだったわけかね？」

カルロスは微笑した。「ああ。ありえないみたいだが、そうじゃない。ありえそうにないだけさ。海王星をこえた外には、思いもかけないくらいの量のがらくたがある。既知の惑星四つに加えて、氷と岩とニッケル＝鉄のかけらが、ぞろぞろ浮かんでるんだ」

「それでも、およそありそうにないことはたしかだな」

カルロスはうなずいた。沈黙がおりた。

わたしはまだ、ハイパースペースに棲む怪獣のことを考えていた。この仮説のいいところは、確率を見つもることさえできないということだ。とにかくなにもわかっちゃいないんだから。

人類がハイパードライヴを使いだしてから、もう四百年になる。その間、戦時中のことを別にすれば、消失した船の数はゼロに近い。それが今、十カ月のあいだに八隻、しかもぜんぶ太陽系の周辺でだ。

ハイパースペースに棲む怪獣が一匹、その空域で、たとえば人間＝クジン戦争のあいだにでも、そうした船を見つけたと考えてみよう。そいつは仲間を呼びに出かけた。それが今もどってきて、太陽系の周辺で餌をあさりはじめたのだ。太陽系周辺の船の往来は、三つの植民星のどこよりも多い。しかし、もっと怪獣の数がふえたら、当然ほかの星系へも出向いていかなければなるまい。

そういう手合いをどう防げばいいのか、わたしには想像もつかない。星間航行をあきらめるしかないかもしれない。

アウスファラーがいった。「シェイファーさん、思いなおして、いっしょに来ていただけると、ありがたいのだがね」

「え？　本気でおれを、同船させようっていうのかい？」

「ああ、ぜひそう願いたいね！　あんたが爆弾をしかけなかったと確信するためには、それしか手がないのだよ」アウスファラーは声を立てて笑った。「おまけに、えりぬきのパイロットまで手にはいる。そのうえ最後に、あんたの知恵がお借りできる。なあ、シェイファーさん、あんたは、わたしのこの任務には、うってつけの人材なのだよ」

「なにがいいたいんだ？」

「ゼネラル・プロダクツが、あんたを恐喝して、無理やりに中性子星の近接軌道へ送りこんだ。するとあんたは、彼らの母星に関するある情報をつかんで――それがなにかはわれわれにもまだわかっておらんが――あべこべにゆすり返した。知ってのとおり、恐喝商法は、パペッティア人にとって、標準的な手口のひとつだ。で、あんたは彼らの尊敬をかち得た。それ以来、彼らとは、うまが合ってるようだ。アウトサイダー人とも、あんたはなんの確執も起こさずにつきあっている。しかし、わたしがなにより感銘をうけたのは、ルルービー誘拐事件を扱ったときのお手ぎわだった」

ったのだ。わたしはにやりとして、「自分でも惚れぼれしてるよ」

カルロスがすわったまま、きき耳をたてている。彼にはまだ、その話をする時間がなか

「いや、当然だよ。あんたは、単に既知宇宙(ノウンスペース)随一のクダトリノ人触感彫刻家を救出すると

いう以上のことをやってのけた——一味のひとりを殺し、そのあとの連中は救いだしたル

ルービー自身の告発と追及にまかせるという、理想的な仕事ぶりだった。ああでなければ、

クダトリノ人は不満に思っただろうよ」

シグムンド・アウスファラーの手助けをするなど、この八年間およそ心に浮かびもしな

かったことだが、急にわたしは浮きうきした気分になった。たぶん、カルロスが熱心に耳

をかたむけていたからだろう。カルロス・ウーを感動させるのは、なみたいていの仕事で

はないのだ。

カルロスがいう。「もし海賊だと思ったら、ベイ、きみもきてくれるかい？　だいたい、

はいっていく船を見つけることなど、やつらにできるはずはないいんだ」

「だろうな」

「それに、まさか、ハイパースペースに棲む怪獣なんてものを、本気で信じてるわけじゃ

ないよね」

わたしはことばをにごした。「ほかに、もっとましな説明があればね。問題は、超技術

をもった海賊なんてものも、やっぱり信じにくいってことなのさ。あの、巨大質量がうろ

ついてるって話は、どうなんだ？」

カルロスは、口をすぼめると、「いいかい。太陽系には、惑星がいっぱいある――発見されたものだけでも、少なくとも十二個、そのうち四つは、太陽をとりまく主要特異圏の外にある」

「冥王星(プルートー)は、いれないで？」

「ああ冥王星は、結びつきはゆるいが、海王星(ネプチューン)の月と考えるべきだろうね。太陽に近いほうから、海王星(ネプチューン)、ペルセポネ、カイーナ、アンテノラ、プトレミーの順だ。それらの軌道は、太陽系平面上にはない。ペルセポネのは、百二十度傾いてる。つまり逆行だ。つぎのが発見されたら、ジュデッカと呼ばれるだろうな」

「なぜ」

「地獄さ。ダンテの地獄のいちばん奥にある四つの区域だよ。そこは大きな氷の平原で、罪人はそこで氷漬けになってるんだ」

「話をそらさないでほしいね」アウスファラーがいった。

「彗星殻からはじめようか」カルロスが説明をつづける。「密度はごく稀薄だ。地球軌道の大きさの球形空間に、彗星ひとつというところかな。内側へ進むにつれて密度は高くなる。いくつかの惑星、いくつかの内部彗星、氷や岩のかけらなど、みんな傾斜した軌道で、ここでもまだごくうすい密度で散らばっている。海王星より中へはいると、いっぱい惑星や小惑星があり、軌道も太陽の自転にならって、前より平坦になる。これにくらべると、海王星の外側は、広大な空虚そのものだ。未発見の惑星もあるだろう。船をのみこむほどの特異圏もね」

アウスファラーは憤然となった。「しかし、三つも同時に幹線商業航路にはいってくるというのは？」

「ありえないわけじゃない」

「確率としては――」

「そう無限大分の一さ。ベイ、たしかに不可能に近いな。正気の人間なら、海賊説に傾くね」

もうずいぶん長いことシャロルにも会っていない。そう思うと心がいたんだ。「アウスファラー、掠奪品が売りに出た気配はないのかい？　それに、身代金の要求は来ていないのか？」

信じてほしい！　アウスファラーが、のけぞるようにして笑いだしたのだ。

「なにがおかしい？」

「身代金要求は、もう何百も受けとったよ。ちょっと頭のおかしいやつなら、誰でも思いつくことだし、この消失事件のニュースはすっかりひろまってしまったからな。ぜんぶ、にせものだった。どれかひとつくらい、本物があってほしかったがね。クジン族の名家の子息が、消失したウェイフェアラー号に乗っていたのだよ。掠奪品のことは――ふうむ。細胞賦活剤(ブースタースパイス)と高貴木(こうきぼく)の闇市値段がさがっている。ほかには――」彼は肩をすくめ、「バーの原画や、マイダス石(ロック)や、そのほか、消えた船の積んでいたもっと目立つ宝物類は、出てきた形跡もない」

「じゃ、おたくも、あれかこれか考えがきまらないわけだな」

「そうだよ。いっしょにくるかね?」

「まだ決めてない。いつ出発だい?」

明朝、東極空港(イースト・エンド)から出発するということだった。これで、考える時間はできた。

夕食後、がっくりした気分で部屋にもどった。カルロスがいくことは明白だ。わたしのせいじゃない……しかし、彼がこのジンクス星にいるのは、わたしとシャロルに対する絶大な好意の結果なのだ。もし帰る途中で死ぬようなことがあったら……。

シャロルからのテープが、部屋でわたしを待っていた。子供たち――タニアとルイス――の写真や、トゥイン・ピークスの田舎に新しく見つけたアパートの写真や、そのほかいろんなものもいっしょだった。

三回、テープをきいた。それから、アウスファァラーの部屋へ電話した。くよくよ思い迷うのは、もうたくさんだった。

出航のとき、ぐるりとジンクス星を一周した。ナカムラ宙航(ラインズ)にいたときから、ずっとそうやってる。それに文句をつける乗客など、いたためしがなかった。

ジンクスは、巨大ガス惑星のすぐ近くを公転している衛星だ。そのガス惑星は、木星より質量は大きいが、中心核が圧縮されて縮退状態になっているため、大きさは木星より小さい。何十億年も前、ジンクスとその主惑星はもっと近かったが、潮汐作用(ちょうせき)のせいで徐々に離れていきつつある。それよりさき、同じ潮汐力がジンクスの主星に対する自転を停止させるとともに、この衛星を卵形——すなわち長軸の回転楕円体にひきのばした。主惑星から離れるにつれて、その形状は球形に近づこうとする。だが冷えた表層の岩が、変形をさまたげている。

こういうわけで、ジンクスの大洋は、その中央部を帯のようにとりまき、その大気は高圧高温で、呼吸には適しない。いっぽう、主惑星にいちばん近い場所といちばん遠い場所、すなわち東極と西極は、事実上、大気層より上へつき出ている。

宇宙からみたジンクス星は、まるで神様のこしらえたイースター・エッグだ。黄色味をおびた白骨のような両極。それから、大気層がはじまるあたりに帯状をなす氷原の明るい輝き。ついで、地球に似た青みがかった色とりどりの世界が、目をうつすにつれて徐々に白い霜みたいな雲の量を増して、ついに純白のガードルにつつまれたこの惑/衛星の腰部(ウエスト)となる。その下の大洋が人の目にふれることは、決してない。

一周だけして、離れた。

シリウスの周辺には、それなりに、恒星間航路を邪魔する雑多なものが浮かんでいる。わたしがまる五日間、ほとんど操縦室にこもっていたのはそのためだが、ひとつには、この初めての船の感じをつかみたかったからでもあった。

ホボ・ケリイ号は胴体着陸型の船で、長さ九十メートル、断面は三角形だ。ななめ上につきだした鼻づらの下面には、荷役用の大きな観音開きの扉（クラムシェル・ドア）がついている。側面にほどよく胴体ジェットが並び、船尾にはそれよりずっと大きな核融合モーター、そして一列につらなった窓が、船室（キャビン）の所在を示している。たしかに外見は無害そのものだが、それが擬装だということもまた、たしかである。これだけ船室があれば四、五十人は乗れるところだが、実際には四人ぶんの居住室しかない。ほかの船室があるはずの空間は、窓の内側にホログラフ投影がしかけてあるだけなのだ。

推力は確実に、そして楽に、最大十Gまで出せる。こいつは、重い貨物を運ぶためなんかじゃない。船内重力は、その出力の気配さえ示さずに持ちこたえている。ジンクスとその主惑星が、星の海の中にまぎれこんで見えなくなり、シリウスが肉眼で直視できるほどに遠ざかったとき、わたしは、アウスファラーが錠をはずしておいてくれた隠しパネルに向きなおった。アウスファラーが起きだしてきて、わたしのやっていることを見ると、どれがなんの役目をするかという説明にとりかかった。

いくつもの波長にセットされた大きなX線レーザー砲が一門と、小さいのが何門かあった。自動誘導式の核融合爆弾が四個あった。表向きの船舶用望遠鏡がファインダーにしかあたらないくらい高性能の望遠鏡もあった。探深（ディープ）レーダーもついていた。

そのどれひとつとして、色あせた船体の外へむきだしになっているものはなかった。

まさしくバンダースナッチ狩り仕様の武装だった。わたしは複雑な感動をおぼえた。これならなにとでも戦えるし、なにからでも逃げだせる。しかし、彼は、どんなものを敵に想定しているのだろうか？

ハイパードライヴで四週間、れいの盲点空間の中を三日に一光年の割ですっとばしているあいだ、船を食う怪獣の話がしょっちゅうむしかえされ、みんなを苛立たせた。

いや、もちろんほかの話題もあった。音楽や絵画や、最近のアニメーション技術、昼食代くらいの費用で自分のホログラフ像が撮れるコンピュータ・プログラムのこと。思い出話も出た。わたしはカルロスに、クダトリノ人のルルービーが、なぜわたしとエミール・ホーンの胸像をつくったかを話した。ピアスンのパペッティア人が、これまでにただいちど、絶対にこわれないはずのゼネラル・プロダクツ製船体が反物質によって崩壊したため、保証金を払う羽目になった話もした。アウスファラーも、おもしろい話題をいくつか披露した……話していいものだけでももっといっぱいあるにちがいないと、いつも記憶をまさぐるようにする彼のそぶりから、わたしはそう判断した。

しかし、それもやがて、船食いの正体の穿鑿（せんさく）に立ちもどってしまう。

「煮つめたところ、可能性は三つだ」と、わたしは結論した。「クジン人と、パペッティア人と、人間だ」

カルロスが大笑いした。「パペッティア人だって？　あいつらに、そんなことをやる気力があるもんか！」

「パペッティア人を加えたのは、彼らが星間株式市場の操作に興味をもってるからだよ。考えてみろ。海賊がいるとすれば、そいつは太陽系を外界から切り離して、経済封鎖しちまったことになる。それが市場に及ぼす影響で、パペッティア資本はぐっと有利になる。それに、彼らは金がいるんだ。移住のためにね」

「パペッティア人は、臆病さが生活信条なんだぜ」

「そのとおり。船を襲うことはおろか、近寄ろうとさえしない。だが、ずっと遠くから消滅させられるとしたら？」

カルロスもう笑っていなかった。「たしかにそのほうが、ハイパースペースからひきずりだして掠奪するよりは、ずっと容易だね。うんと大きな重力発生機があればすむことだ……それに、パペッティア人の科学技術の限界については、まだなにもわかってないんだから」

アウスファラーがたずねた。「それが可能だと思うのかね？」

「可能性としては小さいな。それはクジン人についても同じこと。彼らの兇暴さはいうまでもない。しかし問題は、船を餌食にしたことがもしこっちに知れたら、無間（むげん）地獄の蓋があくってことだ。クジン側もそれは心得てるし、また人間を敵にまわして勝てないことも承知している。ずいぶん長いあいだかかって、学びとったはずだよ」

「すると、犯人は人間だと思うのかい」と、カルロス。

「ああ。もし海賊ならだがね」

この海賊説もまた、あやふやなものだった。スペクトル望遠鏡ですら、船の消えた空間に、金属の凝集らしきものをなにひとつ見つけられなかったからだ。船ごと盗んだのだろうか？　もし襲撃のあとも、超空間駆動（ハイパードライヴ）モーターが無事だったら、船を無限のかなたへ射ちだしてやることもできたろう。だが、八回が八回ともそううまくいくことを、海賊側はあてにできるだろうか？

おまけに消えた船のうち、一隻として超空間通信（ハイパーウェーヴ）で救難信号を出したものはない。海賊説を信じる気にはなれなかった。宇宙海賊なるものもかつては存在したが、その死後、あとを継ぐものは出なかった。航行中の宇宙船を捕捉するのはむずかしい。とうていひきあう仕事ではない。

船の超空間航行は、全自動式だ。パイロットの仕事は、質量探知機の中で放射状にのびる緑色の線を見まもることだけである。しかしその監視は、なるべく頻繁にやらなければならない。というのは、質量探知機が思考反応的な装置だからだ。人間の心以外の機械には、見張りの役がつとまらないのである。

太陽を示す細い緑色の線がのびてくるにつれて、太陽系をとりまくいろいろな物質のあつまりが、異常なほど目につきはじめた。航行の最後の十二時間を、わたしは操縦室で、足でつづけざまに煙草を吸いながら過ごした。いっておくが、わたしはふだんでも両手をあけておきたいときには、これをやる。しかしこんどのは、アウスファラーに対するいやがらせが目的だった。わたしがシガレットを足の指ではさんで吸うのをはじめて見たときの、彼の仰天した目つきに、わたしは味をしめていた。フラットランダーの体軀ときたら、柔軟さからはほど遠いからな。

太陽系の彗星殻を通りぬけるとき、カルロスとアウスファラーは、わたしといっしょに操縦室につめていた。長い旅も終わりに近づいて、ほっとした表情だった。わたしひとりが神経をいらだたせていた。「カルロス、この船を消すには、どのくらい大きな質量がいる?」

「惑星級だな。火星か、それ以上だ。それよりこまかいところは、そいつの船からの距離と密度による。うんと高密度の物質なら、それ以下の質量でも、船をその宇宙からほうりだしてしまえるだろう。しかし、その質量探知機で見つかるはずだ」

「一瞬だけ見えて、あとは見つからないよう消しておけたら……。そう、もしなにものかが、この船が通りかかったとき、巨大な重力発生機のスイッチをいれたらどうだろう？」

「なんのために？　それじゃ、掠奪もできないぜ。なんの得になるんだ？」

「株価さ」

　しかし、アウスファァラーが首をふっていた。「そういう作業にかかる費用は、莫大なものになる。それにひきあうほどの余剰資本をもった海賊団など、いるはずがないよ。パペッティア人ならまだありうるだろうが」

　ちくしょう、たしかにそうだ。それほど裕福な人間が、なにをこのんで海賊などになる必要があろうか。

　太陽を示す長い緑色の線が、もうすぐ質量探知機の表面に触れようとしていた。わたしは声をかけた。「十分後に離脱するぞ」

　とたんに船が手荒く揺れた。

「緩衝ベルトをかけろ！」叫んで、ハイパードライヴ関係の計器に目をやった。動力がモーターにいってないし、あとのダイアルはハチャメチャになっている。

　窓のスイッチをいれた。ハイパースペースではフラットランダーのお客が盲点空間を見て発狂しないよう、いつも窓をしめておくことにしている。スクリーンが点くと、星々がみえた。船は通常空間に出ているのだった。

「くそッ！　どうやらつかまっちまったようだな」カルロスの声には、恐怖でも怒りでもなく、むしろ畏敬のひびきがあった。

わたしが隠しパネルをひらくと、アウスファァラーがどなった。「待て！」わたしはそれを無視した。赤いスイッチをいれると、ホボ・ケリイ号は、ふたたび船体をふるわせて、外装をかなぐり捨てた。

アウスファァラーが、なにかフラットランダーの死語らしいことばで、悪態をつきはじめた。

いまやホボ・ケリイ号の船体から、その三分の二が離脱し、ゆるやかに回転しながら四散していく。あとに残ったのが、まさしくこの船の正味であった。ゼネラル・プロダクツの二号船殻、パペッティア人の製作に成る、長さ九十メートル、太さ六メートルの、細長い透明な槍の穂先で、その船体の周囲に沿って、戦闘用の機器がずらりと並んでいる。空白だったスクリーンが生きかえった。そこでわたしは主機関（メイン・ドライヴ）をいれ、全力推進にあげた。

アウスファァラーの、激怒と憎悪の声。「シェイファー、この間抜けの、卑怯ものめが！相手の正体も見ずに逃げだすつもりか。先方には、すっかりこっちの正体を明かしてしまったんだぞ。これで、向こうが追いかけてくるとでも思うのか？　この船は、特殊任務のために造られたのに、その効果をだいなしにしてしまいおって！」

「その特殊装置を、使えるようにしてやったんだぜ」と、わたしは教えてやった。「そいつでなにがわかるか、見てみたらどうだい？」そうこうするうちに、現場からは一応離脱できたようだ。

アウスファラーは、がぜん忙しくなった。操縦パネルの、わたしのサイドにあるスクリーン上に、彼はなにかをとらえようとしていた。追跡してくるものがあるのだろうか？

こっちが、始末することはおろか、つかまえることとさえむずかしい相手であることは、もう先方にもわかったはずだ。ゼネラル・プロダクツの船体が現われようとは、夢にも思わなかったにちがいない。パペッティア人がその製造をストップして以来、中古のこの種の船殻の値段は、天井知らずにはねあがっていたからだ。

船が何隻かみえた。アウスファラーは、それをクローズアップした。小惑星帯人たちがよく使う曳船が三隻――厚手の皿形で、大きすぎるくらいの駆動部と強力な電磁力発生機を積んだやつだ。ベルターは、こういった船で、ニッケル＝鉄の小惑星を曳いていき、鉱石を求めている相手に売りさばくのである。その大きな推進力をもってすれば、こっちに追いつくことは可能かもしれない。しかし、それに見合うだけの船内重力調整装置の備えがあるだろうか？

なんの動きもなかった。彼らは、追ってこようとも逃げようともしていない。おまけに一見、なんの害意もなさそうにみえる。

しかしアウスファラーは、またべつの機械を使って、観察をつづけていた。もっともだと思う。このホボ・ケリイ号も、ついさっきまでは、平和そのものの姿をしていた。いまその船体は、兵器で鈴なりのありさまだ。あの三隻も、同様な擬装船かもしれない。うしろからカルロスがたずねた。「ベイ、いったいなにが起こったんだい？」

「おれにわかるわけないだろ？」

「メーターの読みはどうなってる？」

むろん、ハイパードライヴ系統のことだ。メーターのうち、ふたつはすっかり狂っていた。残りのうち五つは、ぴくりとも動かない。そう答えてから、「それに、動力も全然はいっていかない。こんな話はきいたこともないよ、カルロス。こいつも、理論的にはありえないことなんだ」

「いや……そうともいいきれないぞ。駆動部を見てみたいな」

「そこへいく通路には、人工重力はないぜ」

すでにアウスファラーは、遠ざかっていく曳船を見てはいなかった。ずっと脇へ離れたところにある、大きな彗星と覚しい、凍りついたガス球を見つけたのだ。彼がディープ・レーダーで走査するのを見ていたが、そのうしろに海賊の船団がひそんでいる気配はなかった。

わたしはたずねた。「あの曳船も、レーダーで撮ったかい？」

「もちろんだとも。こまかいところは、のちほどテープをしらべる。今はなにも見えん。

それに、ハイパースペースを出て以後は、攻撃をかけてきたものもない」

それまでわたしは、やみくもに船を走らせていたが、そこで船首を太陽へ向けた。周囲の宇宙でいちばん明るく光っている星だ。ハイパースペースでかせぎそこねた十分間は、到着までの航行を三日ふやしたことになる。

「もし敵がいたとしても、あんたが驚かせて追っぱらってしまった。シェイファー、わが局は、この計画とこの船とに、巨額の費用を投じたが、結局なにもつかめなかったわけだ」

「まったくなにもってわけじゃない」と、カルロス。「とにかくハイパードライヴ・モーターを見てみたいな。ベイ、推力を一Gにおとしてくれないか？」

「ああ、しかし……いや、信じられない出来ごとのせいで、少々神経過敏になっていたようだ。いいよ、カルロス」

「いっしょにこいよ」

大男の肩幅よりやや大きいくらいの太さで、ハイパードライヴ・モーター室とその周囲の燃料タンク群のあいだを走っている連絡チューブの中を、われわれは這い進んだ。カルロスが点検窓のところに着いた。のぞきこみ、そしてはじけるように笑いだした。

なにがそんなにおかしいのかと、わたしはたずねた。

高笑いを残して、カルロスはさきへ進んだ。あとについてわたしも這い進み、中をのぞいた。

ハイパードライヴ・モーター函の中に、ハイパードライヴ・モーターは、影もかたちもなかった。修理用ハッチをくぐり、円筒形をしたケースの中に立って、周囲を見まわした。なにもない。出ていった穴ひとつ残っていない。超電導ケーブルとモーターの台座が、スパリと断ち切られ、切り口はまるで小さな鏡面のようだ。

アウスファラーも、自分の目で見たいとがんばった。カルロスとわたしは操縦室で待った。なおしばらくのあいだ、カルロスはこみあげてくる笑いの発作をおさえきれなかった。それがおさまると、うっとり夢みるような表情になったが、このほうがよっぽど気になる。

彼の頭の中でなにが起こっているのだろうと思いまよったあげく、わたしは、しょせん知るすべはないのだという不愉快な結論に達した。数年前、IQテストを受けてみたことがある。この分野で出産権が手にいれられないかと思ったからだ。わたしは天才ではなかった。

ただわかっているのは、カルロスがわたしには思い及ばぬことを思いつきながら話してくれず、しかもそれをたずねるのは、わたしのプライドが許さないということだけだ。

アウスファラーにはプライドのかけらもなかった。まるで幽霊でも見たような顔つきでもどってくると、「なくなってしまった！　いったいどこへいったのだ？　どうしてこんなことが起こりえたのだ？」

「その質問になら答えられるよ」カルロスは上機嫌で、「極度の高重力傾斜が必要だがね。モーターがそいつにぶちあたって、周囲の空間をまきこみ、われわれには手のとどかない、より高次のハイパードライヴでとびだしていっちまったのさ。もう今ごろは、宇宙の果てまでいってるだろうな」

わたしが、「本気なのか、え？　つい一時間前には、こんなことを説明できる理論なんてなにもなかったのに」

「だが、モーターが消えたことはたしかだ。そのさきは、少々眉つばだがね。しかしこれは、船が特異圏にぶつかったときに起こる事態の、充分信頼できるモデルのひとつなんだよ。もっと低い重力傾斜だと、モーターは船全体をまきこみ、その全粒子を吸いとって、あとにはハイパードライヴ・フィールドしか残らないことになる」

「うへぇ」

いまやカルロスは、この仮説にすっかりのぼせあがっていた。「ねえ、シグムンド、超空間通信（ハイパーウェーヴ）を使わしてくれ。ぼくの考えちがいかもしれんが、チェックできる点もあるんだ」

「もしここが、なにかの質量による特異圏の中だったら、超空間通信機（ハイパーウェーヴ）は自壊してしまうぞ」

「ああ。だがその危険をおかすだけの価値はあると思うよ」

太陽をとりまく特異圏へはいるおよそ十分前に、船は超空間から出ていた、というより、叩きだされていた。これは通常空間でいうと十六光時にあたり、地球は、その特異圏の外縁からさらに五光時ほど内側にある。幸いなことに、超空間通信（ハイパーウェーヴ）は瞬間到達だし、文明化された星系ではどこでも、その特異圏のすぐ外側に超空間通信中継ステーションを設けている。サウスワース局がこっちの通信を中継してレーザーで送り、返信も同様に中継するとして、十時間後には返事がとどくわけだ。

超空間通信機のスイッチをいれたが、べつになにも爆発したりはしなかった。

アウスファラーがまずケレスの基地へ、われわれの見かけた曳船の船籍を問いあわせた。それからカルロスが、ニューヨークにあるエレファント氏のコンピュータを、かぎられた人にしか教えられていないコード番号でよびだした。「お支払いはあとで。たぶん、この件のいきさつをおまけにつけてあげられるでしょう」すっかり悦にいっているようだ。

カルロスが必要なものの概要を並べたてる。わたしはそれに耳をかたむけた。彼は、一九〇八年地球ソビエト連邦シベリア地区ツングースカに落下した隕石に関する全記録を求めた。三つの宇宙起源（もしくは無起源）モデル——大爆誕（ビッグ・バン）・循環宇宙（サイクリック）・定常宇宙——への再評価の現況を求めた。縮潰星（コラプサー）の諸元を求め、また、重力現象に関係のあるもっとも著名な学者で太陽系に居住している人びとの氏名、業績の概要、それに連絡先を求めた。

スイッチを切ったとき、彼はにんまりと笑いをうかべていた。

わたしは話しかけた。「まいったね。きみがなにを追いかけてるのか、見当もつかん」

微笑したまま、彼は立ちあがると、ひと眠りするため自室へ引きあげてしまった。

わたしは主推力モーターのスイッチをぜんぶ切った。いずれ太陽系内深くはいってから、三十Gで減速すればいい。それまで船は、シリウス系を出たときの高速を維持していくことになる。

アウスファラーは操縦室にとどまった。たぶん彼の動機も、わたしと同じだろう。この外宇宙には警察の船もいない。襲われる可能性はまだあるのだ。

彼は、あの三隻の採鉱曳船（マイニング・タッグ）の写真を、じっくり時間をかけて調べていた。おたがいになにもいわないが、わたしはじっと見まもっていた。

曳船（タッグ）は三隻とも、平々凡々たるもののように思われた。望遠写真でみるかぎり、船殻には怪しげな開口も、兵器用のハッチらしいものも見あたらない。ディープ・レーダーによる走査像は、幽霊みたいに見えた。巨大な力場発生リングや、中空部分や、同じく巨大な駆動チューブや、それより密度のうすい燃料タンクに生命維持システムなどが、そこに見分けられた。だが、あるべきでない隙間や影のようなものは、なにもなかった。

やがて、アウスファラーがいった。「あんたは、このホボ・ケリイ号の価値がわかっているかね？」

わたしは、かなり正確に値ぶみできるといってやった。

「わたしの生涯を賭けたものだった。ホボ・ケリイ号一隻で、海賊の船隊を撃滅できるはずだった。だのに、パイロットが逃げだした。逃げだしたのだ！　こうなってはもう、この高価なトロイの木馬の真価を発揮する場もないではないか」

わたしはいいたいことを抑え、自分がカルロスの生命に対して責任があるのだというわけもしなかった。アウスファラーにいってみてもはじまらないことである。かわりに、

「カルロスはなにかつかんでるぜ。おれにはわかるんだ。もう、どうしてこうなったかわかったらしいよ」

「それを聞きだせるかね？」

「わからん」脅威の正体をみんなが知っていれば、それだけ安全なはずだと、カルロスにいってやることもできたろう。だがカルロスはフラットランダーだ。そんなことをすれば、彼の態度を偏向させてしまうだろう。

「すると」とアウスファラー。「カルロスの頭の中にある、手のとどかぬ知識を、後生大事に守っていくほかないわけか」

人類の技術をはるかにこえた武器が、船をハイパースペースから叩きだしたのだ。わたしはそこから逃げた。当然のことだろう。その場にぐずぐずしているなど狂気の沙汰だったはずだと、わたしは自分にいいきかせた。そうしながらも、どうしたわけか、わたしは

そのことが残念でならないのだった。

アウスファラーに向かって、「あの採鉱曳船は？　こんな場所でなにをやってたのか、おれには納得できんな。小惑星帯でなら、ニッケル＝鉄の小惑星を、工業地区へ運んでいくこともできるがね」

「ここでも同じことだよ。見つかるものは、ほとんど役に立たたん――石か氷のかたまりだ。だが、金属分がほとんどないということにも価値がある。建築用に必要なのだ」

「建築って、なんの？　どんな人間が、こんなとこに住む？　恒星間宇宙で工場でも建てたほうが、まだましだぜ！」

「まさにそれだよ。旅行者はこないが、平坦で空虚な空間と、絶対零度に近い温度を求めてやってくる研究グループがあるのだ。クイックシルヴァー事業団は、ハイパースペースの諸現象研究のため、ここに設立された。ハイパースペースのことは、いまだによくわかっていない。ハイパードライヴも、われわれの発明ではなかったことを忘れるなよ。あれは異星種族から買いとったものだ。それから、ある種の樹木を彗星の上で育つように改良しようと試みている遺伝子工学の研究所もある」

「冗談だろう」

「だが彼らは本気だよ。どんな彗星にもある化学物質を用いて光合成をおこなう植物……そういうものができたら、たいへん有用だろうな。彗星のハーロー全体に、酸素発生植物の種子が撒かれて――」アウスファラーは、ふいに口をつぐんだ。ついで、「まあ、どうでもいいことだが、とにかくそういったグループのために、建築資材が必要になる。ここで建てるほうが、地球や小惑星帯からあらゆるものを運んでくるよりも安くつく。曳船がいたところで、怪しむにはあたらない」

「しかし、ほかにはなにもなかったぜ。この近くには、まったくなにも」

アウスファラーもうなずいた。

何時間もたって、カルロスが眠そうに目をしばたたかせながら部屋を出てきたとき、わたしはたずねた。「カルロス、あの曳船は、きみの理論になにかかかわっているのかい？」

「まだわからない。理論といっても、なま煮えの思いつきだから、今から三十分後には、ぼくの間抜けさかげんが暴露されるだけかもしれないしね。おまけにその理論は、時流に合ったものですらないんだ。クエーサーの正体がわかって以来、定常宇宙仮説が人気絶頂だから。その原理は知ってるね。完全に空虚な空間の張力が、永遠に水素原子を生みだしつづけるというわけだ。宇宙には、始めも終わりもないことになる」意固地な顔つきだ。

「しかし、もしぼくが正しければ、掠奪された船がそのあとどこへいったかもわかる。まったく誰も思いもよらないような話さ」

アウスファラーがのりだした。「どこへいったんだ？　船客は生きているのか？」

「申しわけないが、シグムンド、もうみんな死んでる。埋めてやる遺体もないだろうな」

「どういうわけだ？　敵はなにものだ？」

「重力効果。空間の鋭いゆがみだ。惑星でもないし、重力発生機でもない。そういうものじゃ、これほど鋭い境界をもった重力場はつくれない」

「コラプサーかね？」アウスファラーが提案した。

カルロスは、にやりと歯をみせた。「そいつなら可能だが、べつの問題がある。コラプサーは、太陽の約五倍以下の質量じゃ、生まれることさえできないんだ。そんな大きなものが、太陽からこんな近くにあったら、誰かがもう見つけていたはずだよ」

「じゃ、なんだ？」

カルロスは頭をふった。待つほかないようだった。


サウスワース局を中継した返信が、三隻の曳船の船籍を知らせてきた。中古で、年代もさまざまだが、三隻とも二年前に、イントラベルト採鉱会社からロドネイ第六会衆派教会へ売却されたものだという。

「ロドネイってなんだろう？」

だが、カルロスもアウスファラーも、これを笑いとばした。カルロスが説明してくれた。

「ベルターがちょくちょく使う手さ。買い手が誰だろうと知ったことかという意思表示の意味でね」

「おかしな話だが、まあいい。だがそうすると、その持ちぬしが誰かは、まだわからんわけだ」

「ベルターだよ。いいやつか、悪いやつかは知らないがね」

最初の通信と踵(きびす)を接して、カルロスが請求したデータが到着し、船のコンピュータに直接おさまった。カルロスが、名前と電話番号のリストを打ちださせた。太陽系内の、重力とその諸効果に関する著名な学者たちが、アルファベット順に並んでいる。

その番号のひとつに、わたしは注意をひかれた。

ジュリアン・フォワード、サウスワース局一一九二三二六番。

超空間通信(ハイパーウェーヴ)中継局経由である。彼は今、海王星軌道と彗星殻のあいだの広大な空虚、超空間通信(ハイパーウェーヴ)が機能する、この空域へ出てきているのだ。もっとサウスワース局がないかと思ってさがしてみると、あった。

ラーンスロット・スターキイ、サウスワース局一八四四四七一九。

ジル・ルチアノ、サウスワース局一八四四七一九。

マリアナ・ウィルトン。サウスワース局一八四四四七一九。

アウスファラーが、「この中の誰かと、あんたは自分の理論について討論してみたいわけかね?」

「そのとおり。シグムンド、この一八四四七一九ってのは、クイックシルヴァー事業団の番号じゃなかったっけ？」

「そうだと思う。それに、この船のハイパードライヴがなくなった以上、こちらからは手がとどかないよ。クイックシルヴァー事業団は、いま太陽の向こうがわにいるアンテノラを大きな半径でめぐる周回軌道上に、本拠をおいているのだから。カルロス、このリストの中のひとりが、船を食う装置をこしらえたと思うのかね？」

「え？……ああ、そうだよ。これには、重力ってものを知っている人間が要る。しかし、どうみてもクイックシルヴァー事業団を疑うわけにはいかないな。一万人以上が就業している中で、誰がなにをかくしておける？」

「この、ジュリアン・フォワードという男は？」

「フォワードね。ああ、前からずっと会ってみたいと思っていた」

「知ってるのか？　どんな人物だ？」

「よく、ジンクスの知識学会と組んで、なにかやっていたな。ここ数年、うわさをきいていない。銀河系の中心部からくる重力波を研究していて……結果は失敗だったらしいが。シグムンド、彼を呼びだしてみよう」

「そしてなんというつもりかね？」

「なんだって……？」そこでカルロスは、今の状況を思いだした。「そうか。あんたはもしや彼が――なるほど」

「その男を、どのくらい知っているんだ？」

「評判をきいてるだけさ。有名な人物だからね。あれほどの男が、集団殺人などにはしるとは、ちょっと思えないが」

「前にあんたは、重力現象の研究に熟達した人間をさがしているといったな」

「そのとおり」

アウスファラーは、くちびるをすぼめてしゅっと息を吸うと、「たぶん、話しかけてみるだけのことしかできまい。現在、太陽の向こう側にいながら、なおかつ海賊船隊の首領ということもありうるし――」

「いや。そいつは無理だ」

「もういちど考えてみるがいい」とアウスファラー。「ここは太陽の特異圏より外だ。海賊船団の中にはハイパードライヴの船もあるだろうが」

「もし、ジュリアン・フォワードが船食いの犯人なら、この近くにいるはずなんだ。そのたぐいの装置は、ハイパースペースの中を移動できないんだよ」

わたしが口をはさんだ。「カルロス、おれたちの知らないなにかが命とりになるかもしれないんだぞ。そんなお遊びはやめろ」しかし彼は微笑して、首を横に振るばかりだ。くそったれめ。「よし、まあ、フォワードにあたってみるだけならな。呼びだして、いまどこにいるかきいてやるがいいさ！　先方も、きみのことは、うわさで知ってるかな？」

「もちろん。ぼくもまあ有名なほうだから」

「よかろう。もし彼がすぐ近くにいるようなら、お願いして家まで送ってもらえるかもしれない。こんな場所でこんなありさまじゃ、どんな相手だろうと、ハイパードライヴのついた船が恋しくなるってもんだ」

「むしろ攻撃されたほうがいい」とアウスファァラー。「戦うことなら――」

「でも逃げることはできない。先方はこっちの攻撃をかわせるが、こっちにはできないんだぜ」

「よせよ、ふたりとも。こっちのほうが先だ」カルロスが超空間通信機席（ハイパーウェーヴ・コントロール）に腰をおろし、番号をたたいた。

ふいにアウスファァラーがいいだした。「この通信で、わたしの名前を出さないでおいてもらえまいか？　必要なら、あんたの船だということにしてくれてもいい」

カルロスは、びっくりしたようにふりかえった。だが、口をひらくより早く、スクリーンが点いた。白茶けた金髪を短くベルター刈りにし、その下のやせた白い顔に無感動な微笑を浮かべた男が現われた。「はい、フォワード研究基地」

「もしもし、こちら、地球のカルロス・ウー、長距離でかけてます。ジュリアン・フォワード博士をお願いできますか？」

「出られるかどうかうかがってみます」スクリーンが〝待ち〟になった。

そのあいだに、カルロスは怒りだした。「こんどはいったいなんのつもりだ？　ぼくがこんな、武装した擬装軍艦を持ってるなんて、どう説明する？」

しかしわたしは、アウスファラーの思惑をつかみはじめていた。「真相がどうだろうと、いいたくないいってことにすりゃいいのさ。たぶんきかれることもないだろう。それに——」

——」そこで口をつぐんだ。フォワードが姿をみせたからである。

ジュリアン・フォワードはジンクス人で、丈が低く幅は広く、腕は脚のようで脚は柱のようだった。肌は髪と同じくらい黒い。シリウスの陽に焼けたその色を、たぶん今は太陽灯で保持しているのだろう。マッサージ椅子の縁に浅く腰をおろしていた。「カルロス・ウーだと？」わざとらしい熱意をこめて、「あの、シレアムの極限問題を解いた、カルロス・ウー、ご当人ですかな？」

カルロスは、そうだと答えた。そしてふたりは、数学の議論をはじめた。どうやら、カルロスの解の、ほかの極限問題への応用の可能性といったことらしい。アウスファラーのほうを見ると——ほんのちらりとだ、フォワードに対しては彼は存在しないことになっているのだから——彼は考え深げに、そこから見えるフォワードの横顔を観察しているところだった。

「さて」とフォワード。「ところで、ご用件は？」

「こちら、ベーオウルフ・シェイファーです。こちらがジュリアン・フォワード」カルロスが紹介し、わたしは頭をさげた。「このベイの船で地球へ向かっていたところ、ハイパードライヴ・モーターが、消えちまったんです」

「消えちまった？」

迫真性を増すため、わたしも口をはさんだ。「〝消えちまった〟——まさしくそうなんですよ。ハイパードライヴ・モーター函はからっぽ。支柱はすっぱりと切られていました。ハイパードライヴがなくちゃ、ここを動けないし、しかもどうしてそんなことになったのかもわからない状態なんです」

「だいたいそういうことです」カルロスが楽しげに、「フォワード博士、この事故に関して、わたしにいささかの解釈があるんですが、それについてご意見をうかがいたいと思うんです」

「いま、どこにおられます？」

わたしは、船の位置と速度をコンピュータからひっぱりだし、一瞬のうちにフォワード基地へ送りつけた。そうしていいのかどうか、自信はなかった。しかし、もしいけなければ、アウスファラーにはとめる余裕があったはずだし、彼はとめようとはしなかったのだ。

「よろしい」フォワードの映像がいった。「地球へいくより、ここへ来られるほうがずっと早いでしょう。フォワード基地は、あなたの船の進行方向、距離は二十六天文単位以下です。ここでつぎの便を待たれるがいい。損傷した船に乗っていかれるよりは、ずっとましでしょう」

「ありがたい！　これからコースを算出して、到着時刻をお知らせします」

「カルロス・ウー氏にお目にかかれるとは、願ってもないことです」フォワードは自分の位置座標を知らせ、通話を切った。

カルロスが向きなおった。「これでよし。ベイ、こんどはきみが、この擬装軍艦の持ちぬしってことになったぞ。どうして手にいれたか、自分で考えとけよ」

「それより困ったことがある。フォワード基地は、まさしく船食いがいるはずの場所にあったわけじゃないか」

彼はうなずいた。だがまだおもしろがっている顔つきだ。

「では、これからどうする？　ハイパードライヴの船からは逃げきれない。ともかく今はだめだ。フォワードはおれたちを殺そうとするだろうか？」

「もしこっちが時間どおりにフォワード基地へ着かなかったら、追手を出すだろうな。ぼくらは多くを知りすぎてる。そういってやったばかりだからね」と、カルロス。「ハイパードライヴ・モーターが完全に消失した。そんなことがどうして起こったのか解釈のつけられる人間を、ぼくは何人か知ってる、ってね」そして、ふいに微笑を浮かべた。「しかしそれは、フォワードが船食いの犯人だとしてのことだ。その点がまだわからない。この絶好のチャンスを利用して、なんとかさぐりだすべきだ」

「どうやって？　のこのこ出かけていくのかい？」

アウスファラーが、楽しげにうなずいていた。「フォワード博士は、あんたとカルロスが、なんの疑いももたず、船をからっぽにして網にはいってくると思っている。その裏をかくことはできるはずだ。たとえば、この船がゼネラル・プロダクツの船殻を備えていることなど、彼は予想もしていないだろう。だからわたしが船に残って戦うこともできる」

そのとおりだ。ゼネラル・プロダクツの船体を破壊できるのは、反物質だけである……ただし、光や衝撃波のように、通りぬけていくものもあるが。「それじゃ、おたくはひとりで、絶対安全な船に残るつもりなのか」とわたし。「そして、あとのふたりが、無防備で敵の基地へ乗りこむと。お利口な案だね。おれはむしろ、いちばんいいのは逃げ出すことだと思うけど。しかしそうすると、おたくの経歴に傷がつくだろうし」

「それはそうだが、いろいろと防備の用意はあるのだよ」

アウスファラーの個室の背面にあたる、ただの一枚壁のようにみえたもののうしろに、大型の物置きくらいの一室がかくされていた。アウスファラーは、これが自慢たらたらの風情(ふぜい)だった。中にあるものをすっかり見せてはくれなかったが、目にとまったぶんだけでも、わたしのアウスファラーに対する先入観をあらためさせるには充分だった。この男の本性は、決して腹の出たお役人などではなかったのだ。

ガラス張りのパネルの奥には、二十指にあまる特殊用途をもった武器がおさまっていた。一列に並んだ四つの台座に、まったく同型の三挺の携帯銃器がのっていたが、それはアウスファラーが小型原爆だと称する太めの弾体を射ちだす使い捨てのロケット発射機（ランチャー）だった。四つめの台座はからっぽだった。そのほかには、レーザー銃と拳銃、四インチもある反動消去装置のついた奇妙な格好のショットガン、手裏剣、それに、二十二口径の弾丸が一発だけこめられる、銃床に彫刻をほどこしたオリンピック用の射撃ピストル一挺、などなど。なにに使うのか、触感彫刻の組み立てセットがあった。たぶんそれで、人間か異星人を狂気に追いやるような彫刻ができるのだろう。あるいはもっと陰険なしかけ——たとえば、特定の指紋の持ちぬしが触れると爆発するのかもしれない。

さらに、コンパクトな自動衣服仕立て装置。「これで服を新調してあげよう」なぜ、とカルロスがたずねると、「秘密は守れるかね？　わたしも守れるのだよ」

どんなスタイルがいいかと彼はたずねた。わたしはすなおにうけて、ポケットのたくさんついた、緑と銀色の無重力用ジャンパーを注文した。これまでの最高とまではいかなかったが、とにかく服はからだにぴったり合った。

「ボタンなんて頼まなかったぜ」とわたし。

「邪魔にはならんと思うがね。カルロス、あんたのも、ボタンつきだよ」

カルロスが選んだのは、背に緑と金色の竜がとぐろをまいた模様のある、真紅のチュニックだった。ボタンのひとつひとつに、彼の家紋がついていた。アウスファラーは、こうして装いを新たにしたわたしたちの前に立ち、満足げにうち眺めた。

「さて、こっちを見てほしい」と彼。「わたしは今、身に寸鉄も帯びずここに立って――」

「そのとおり」

「もちろんそうだ」

アウスファラーは、にやりと笑った。いちばん上といちばん下のボタンをつかむと、ぐいと引いた。両方のボタンは服から離れ、そのあいだの服の生地が、まるでそこの糸をぬかれたように、一直線に裂けた。

ふたつのボタンを、あいだに見えない糸が張られているかのように両手で捧げながら、彼はそれを半製品の触感彫刻の両側へもっていった。彫刻は、ふたつに切れた。

「シンクレアの単原子チェーンだ。ふつうの物質ならなんでも、強く引きさえすれば切れる。取扱いにはよほど注意しなければならん、いつのまにか自分の指を切りおとしているのに気づかないということになるからな。持ちやすいように、このとおり、ボタンは大きくつくってある」ふたつのボタンを注意ぶかくテーブルにおくと、そのあいだに重い錘（おもり）をのせた。「この、上から三つめのボタンは、音響手榴弾だ。三メートル以内だと死ぬし、九メートル以内だと気絶する」

「ここでやってみせないでくれよ」と、わたし。

「的に投げつける練習をしたければ、ダミイのボタンがあるよ。この二番目のボタンは活力錠、市販の興奮剤だ。必要なときボタンを割って、半分だけのむ。ぜんぶのむと心臓がとまるかもしれん」

「パワー・ピルなんて聞いたことないな。不時着人にも効くのかい?」

彼は、ぎょっとしたようだった。「わからんね。たぶんあんたは、四分の一くらいにしておいたほうがいいだろうな」

「それとも、のまないでおくかだ」と、わたし。

「もうひとつ、ここでは実験できないものがある。その服の生地をさわってみてほしい。布地が三層になっているのがわかるだろう? その中間の層は、ほとんど完璧な鏡面なのだ。X線でも反射する。これで、レーザーで射たれても、少なくとも最初の一秒はもちこたえる。カラーは、巻いたところをひろげると、フードになる」

カルロスが満足げにうなずいている。

ぜんぶ本当だろうと、わたしは思った。フラットランダーの考えそうなことだ。

すでに十五億年も昔から、人類の先祖たる生物は、ただひとつの惑星——地球——の条件下で進化してきた。フラットランダーは誰もが、異常なほど自分たちの生存に適した条件下で生まれ育っている。そこで本能的に、全宇宙に対して同じような見かたをするようになるのだ。

わたしたち、ほかの世界に生まれたものは、もっと事情をよくとらえている。ウィ・メイド・イットは、夏と冬、地獄さながらの強風に見舞われる。ジンクスには重力の問題がある。〈山頂平原（プラトー）〉では、周囲をぐるりととりまく崖の向こうに、酷熱と高圧の谷底へ六十キロの落下が待ちかまえている。ダウンでは太陽が赤くて、植物は紫外線灯の助けがないと生育しない。

しかしフラットランダーたちは、宇宙は自分たちに合わせてつくられたみたいに思っている。彼らにとって、危険とは架空の概念なのだ。

「耳栓だ」アウスファラーが、やわらかいプラスティック製の円筒形のものをひとつかみ、手のひらですくいあげた。

わたしたちは、それを耳にさした。アウスファラーが、「聞こえるかね？」

「もちろん」「聞こえる」まったく音をさえぎる役には立っていない。

「発信機と補聴機のあいだに、音響遮断膜をいれたものだ。爆発とか、音波銃とかいった音響にやられると、補聴機が作動しなくなる。これをはめていて、もし急に耳が聞こえなくなったら、襲われたことがわかるというわけだ」

わたしにとっては、アウスファラーのこうした周到な用心ぶりも、単に恐怖感をつのらせるばかりだった。でも、なにもいわなかった。いま逃げだしたら、事態はさらにわるくなるばかりだ。

操縦室にもどると、アウスファラーは、地球の異星局に連絡をとった。これまでの経緯をかいつまんで知らせ、慎重な推測をいくつかつけ加えた。それからカルロスを招くと、彼の理論を吹きこんで記録に残すようにすすめた。

カルロスはそれを辞退した。「まだ自信がない。もう少し研究してみないと」

アウスファラーは不機嫌な表情で、ひと眠りしにいった。寝不足なのが、はっきりその姿に現われていた。

彼の姿が部屋の中へ消えると、カルロスは感心したように首をふった。「まさに偏執狂(パラノイア)だな。たしかにあの仕事は、偏執的(パラノイド)性格でないとつとまらないだろうが」

「とっといて使えそうなものが、ずいぶんあるな」

彼は耳もかさず、「まるで、自分が宇宙海賊になろうとしてるみたいだぜ！」

「なるとしたら、絶好のチャンスだ」

「ああ、ベイ、ぼくのいったことは忘れてくれ。その、なんていうか、船食い装置は、現場にあるはずだが、海賊のほうはそうとかぎらないんだ。装置だけしかけておいて、ハイパードライヴの船で基地からかようこともできるんだからね」

　それは心にとめておかなければなるまい。系内の空間にくらべると、彗星殻に包まれた空域の広さは膨大だ。だが、それもハイパードライヴなら、ほんのひと飛びにすぎない。わたしはたずねた。「じゃあ、なぜ、フォワードを訪問なんかするんだ？」

「彼に会ってたしかめてみたい推測が、まだあるんでね。それより、彼はおそらく船食いの親玉を知ってるだろう——その正体には気づかずにだ。おそらく、ぼくらともなじみの人間だと思う。そういう装置を発見して、その効果を見きわめるには、宇宙学者としての素養がどうしても必要だ。そいつが誰だろうと、かなり名のあるやつにちがいない」

「発見だって？」

　カルロスは、にやりと歯をみせた。「気にするなよ。あの、魔法のワイアで片づけたい相手は、もう考えたかい？」

「いまリストをつくってるとこさ。トップが、おたくだ」

「それより、用心しろよ。シグムンドのやつだけは、きみがそいつを手にいれたことを知ってるんだぞ」

「やつが二番めさ」

「フォワード基地まで、あとどのくらいかかる？」

　ちょうどコースの再チェックをすませたところだった。船はいま、三十Gで減速しながら、いっぽうへ針路を変えつつある。「二十時間とちょっとだ」と、わたしは答えた。

めた。

「よし。じゃ、まだ研究の時間はあるな」彼はコンピュータから、データをひき出しはじ
肩ごしにのぞいていていいかと、許可を求めた。彼はいいよと答えた。

このケチめ！　彼はわたしの二倍の速さで読み進んでしまうのだ。わたしはなんとかひろい読みで、彼の狙いだけでもとらえようとつとめた。

コラプサーだ。これまで三つが知られている。いちばん近いのは白鳥座の中で、百光年以上かなたにある二重星の片割れである。調査隊が、無人探査体を送りこみに出向いているところだ。

ブラックホールの数学は、わたしの頭では手がとどかないが、その理論は初耳というわけでもない。一個の恒星の質量があるていど以上大きいと、それが核の火を燃やしつくして冷えはじめたとき、内部のいかなる力をもってしても、星がそれ自体のシュワルツシルト半径をこえて内側に崩壊していくのを支えることはできない。そうなった時点で、その星からの脱出速度は、光速度よりも大きくなる。それ以後については、証人がいない。その星からはもうなにも——情報も、物質も、輻射も——離脱することができないからだ。なにも——そう、重力だけを除いては。

そのように崩壊した星は、太陽の五倍以上の質量をもつと推測される。それ以下だと、中性子星の段階で縮潰が停止してしまうことになる。それ以後はただきらに大きく、重く

なっていくばかりである。

　そんな大きなものが、この太陽系の外縁にある可能性は、まったくない。もしそんなものが近くにあったら、太陽はその周囲を公転しているはずだ。

　シベリア隕石というのも、じつに奇怪なしろもので、だからこそ九百年ものあいだ記憶されていたのだった。その落下で、二千平方キロにわたり、樹木が倒壊した。しかるに、落下地点の近傍の木は、倒れずに残っていたのである。隕石そのものは、まだ破片も見つかっていない。落下の瞬間を見たものもいない。一九〇八年のシベリアのツングースカは、現在の地球の月面と同じくらい人口稀薄だったのにちがいない。

「カルロス、こんなことみんな、いったいなにと関係があるんだい？」

「ホームズはワトスンに明かしたかね？」

　宇宙起源論の解説についていく苦労は、それこそ冗談ごとではなかった。そこでは、物理学が哲学へとのめりこみ、その逆もまた真である。これは基本的には、大爆誕理論(ビッグ・バン)――宇宙を、超巨大な爆弾みたいに、一個の質点からはじまる爆発経過として描きだす――と、定常宇宙論――永久にすべてがこのまま続いていくという――との対立である。循環宇(サイクリック)宙論は、大爆誕理論をうけて、そのあとに収縮期がやってくると唱える。そしてどの理論からも、さまざまなヴァリエーションが生まれている。

　はじめてクエーサーが発見されたとき、それは宇宙の進化の早期段階を示すものと思われた……だが、定常宇宙論の仮定によれば、宇宙は進化など全然しないはずなのである。かくて定常宇宙論は、流行遅れとなった。ところが約一世紀前、ヒルベリイがクエーサーの謎を解いた。とかくするうち、大爆誕理論から当然導かれるはずの結果のひとつが出てこないことがわかった。宇宙論の数学が、わたしの理解の範囲をこえてしまうのは、そのあたりからである。

宇宙は四次元的に開いているか閉じているかという議論もあったが、そこでカルロスはスイッチを切った。「これでよし」満足げな口調だ。

「どうしたんだ？」

「ぼくが正しいのかもしれない。でも、データ不足だ。フォワードの考えもきいてみなければ」

「ふたりしてのどでもつまらせるがいいや。おれはもう寝るぜ」

太陽系と、恒星間宇宙との中間に位置するこのだだっ広い境界空域で、ジュリアン・フォワードは、中程度の小惑星ほどの岩塊を発見したのだった。遠くからみると人工の手が加えられた気配はない。不均衡な球に近いかたちで、表面は粗く、よごれた白い色をしている。だが近づいていくと、金属性の斑点や明色の塗装面が、無作為にちりばめられた宝石のように見えはじめた。エアロックや、窓や、つき出たアンテナや、そのほかなんだかよくわからないいろいろなもの。明るく照らされた円盤形の部分の中心から、なにかがつきだしている。長い金属のアームで、途中何カ所もボールジョイントがはいり、端にはお碗のようなものがついている。いったいなんだろうと、ためつすがめつしてみた……が、ついにあきらめた。

　ホボ・ケリイ号を、ずっと離れた位置にとめた。アウスファラーに、「ここへ残るんだな？」

「もちろん。フォワード博士が、船がからっぽだということに、疑いをもたないようにしておくよ」

　オープン型の連絡艇（タクシー）で、フォワード基地へ向かった。ふたつの座席に、燃料タンクとロケット・モーターがついただけのものだ。ふとなにかたずねようとしてカルロスのほうをふり向き、気をかえてたずねた。「どうした？　大丈夫か？」

　彼の顔は蒼白で、ひきつっていた。「大丈夫、がまんできる」

「目をつぶったら？」

「よけい悪くなるんだ。ちくしょう、これまでは自己催眠で処理できたんだが。ベイ、あ、い、いまりにもなにもなさすぎるよ」

「がんばれよ。もうすぐだ」

　あの金髪のベルターが、皮膚にぴったりの宇宙服と泡形ヘルメットをつけて、エアロックのひとつから外へ出ていた。懐中電灯で、そこへおりるように合図をしている。岩の出っぱりに艇をもやって――なにせここの重力はゼロにひとしいのだ――中へはいった。

「わたしは、ハリイ・モスコヴィッツ」と彼が名のった。「通称エンジェルです。フォワード博士は、研究室でお待ちです」

この小惑星の内部は、円形断面のまっすぐな通路が、網の目のように通じていた。レーザーで掘られ、与圧され、青みがかった冷光パネルの張られた通路である。表面では数ポンドの体重を感じたが、奥へはいるともっと軽くなった。エンジェルは、めずらしいやりかたで先へ進んでいく。床からほぼ水平にとびあがり、ずっといったところで天井に手がとどく。そこを押して床へもどり、また跳ぶのである。三度跳ぶととまって、わたしたちが追いつくのを待ちうけながら、おもしろがっている表情をかくそうともしない。

「フォワード先生が、ひとまわりご案内しろっていわれたもんで」と彼がいった。

わたしが、「必要以上の通路があるみたいだな。なぜ、各部屋をもっと一カ所にあつめてつくらなかったんです?」

「この岩は、昔は鉱山だったんです。鉱脈さがしの連中がこの孔を掘って、含気性の岩や氷のたまりにいきあたると、あとに大きな空洞を残していったわけ。われわれは仕切りの壁をつくるだけですみましたよ」

それで、部屋から部屋へ、こんなに長く通路がつづいているわけも、見せられる部屋がどれもひどく大きいわけもわかった。部屋のいくつかは倉庫だった。あけてみせるだけの価値はないと、エンジェルはいった。ほかに道具置場や、生命維持システムや、庭園に仕立てたところや、そうとう大がかりなコンピュータや、手ごろな大きさの核融合発電所などがあった。食堂は三十人ほどはいれそうだったが、そのとき食卓についていたのは十人ほど、みんな男で、めずらしげにこっちを眺めてから、また食事にもどった。空間へ向かってひらいた格納庫がひとつ、これも必要以上に大きく、連絡艇や特殊工具のついた動力宇宙服がそれぞれいくつかと、それに同じ型の遠心休息装置が三台あったが、人の気配はなかった。

ひとつ賭けてみた。できるだけさりげない口調で、たずねたのである。「採鉱用の曳船があったね？」

エンジェルはためらうそぶりもみせなかった。「もちろん。水や金属は、系内からはこんでつくることもできるけど、このあたりでさがすほうが安あがりですからね。緊急の場合は、たぶんあの曳船に分乗して、系内へもどることもできるし」

またトンネルへもどる。エンジェルがいった。「船といえば、あなたがたの船は、見たことのない型ですね。胴体にずっとならんでるの、あれ、爆弾ですか？」

「それもあるがね」とわたし。

カルロスが笑いだした。「ベイのやつ、あんな船をどこから手にいれたのか、どうして

「ちょッ、ちょッ、ちょッ。もういい、話すよ。盗んだのさ。もっとも、そういって訴え出るやつは、ひとりもいないはずだ」

はじめから率直な好奇心をみせていたエンジェルは、わたしがウンダーランド系で貨物船をとばす仕事に雇われたいきさつをきいているうちに、すっかり惹きこまれてしまったようだった。

「雇い主は、虫の好かないやつだったけど、ウンダーランド人についちゃ、こっちはなんにも知らなかったんでね。おまけに金も入り用だったし」船のつくりを見てびっくりした話をした。船室のうしろにある堅固な仕切り、窓につけられたホログラフにすぎない客室など。そのときはすでに、もし手をひこうとしたら消されてしまうんじゃないかという気がしていた、とも。

だが、目的をきかれたときは、本気で悩んだ。「サーペント・ストリーム——知ってるね？　ウンダーランド系内の、小惑星が三日月形に並んでるところさ。あのへん一帯、ウンダーランド解放組織がかためてることは常識でね。行先を知らされるとすぐ、おれは船もろとも一目散、シリウスへ向かったってわけ」

「ハイパードライヴのついた船をそのままあんたにまかせたってのは、ふしぎですね」

「おいおい、連中がそんなことをするもんか。継電系統はぜんぶ、ひっぺがしてあったさ。

おれがひとりで修理しなきゃならなかったよ。見てみてよかった。というのは、そのスイッチが、座席の下にしかけたちっぽけな爆弾につながっていたんだ」そこでひと息いれると、「でもたぶん、なおしかたがまずかったんだろう。なにが起こったかは、もうきいているね？　ハイパードライヴ・モーターが、あっさり消えちまったんだ。それにもなにか爆破装置がしかけてあったんだと思う。というのは、船の胴体も吹っとんじまったからね。ただの見せかけだったのさ。あとに残ったのが、あの小型爆撃機みたいなやつだ」

「本当に、そんなふうに見えるね」

「系内へもどったら、あいつを金ピカのおまわり（ゴールドスキン）に引き渡さなきゃならん。惜しいね」

カルロスが、しきりににやにやしながら首をふっていた。ひとこと口をそえた。「この件を切りぬけるには、たしかにそれしかないだろうな」

つぎのトンネルをぬけると、出たところは、大きくふくらんだ透明ドームの天井をもった、大きな半球形の一室だった。人間ほどの太さの柱が一本、床の岩盤からドームの中央の気密孔（シール）へ向かってのびている。ドームの上方へ出ると、それは、いくつもジョイントのついた金属アームとなり、夜と星を背景にきらめきながら、宇宙へ向かってやみくもに手をのばしているようにみえた。アームの先端には、鉄製の犬の食器を途方もなく大きくしたようなものがついていた。

フォワードは、その柱のそばにある馬蹄形のコンソールの中にいた。わたしはほとんど彼に気づきもしなかった。このアームとバケツは、さきほど宇宙からも見たのだが、その巨大さがつかめていなかったのである。

　息をのんで見あげているわたしに、フォワードが声をかけてきた。「捕握装置（グラッバー）だよ」

　軽くはずむような、少々こっけいだが能率的な足どりで、彼は近づいてきた。「よく来られた。カルロス・ウー、ベーオウルフ・シェイファー」彼の握手が、こっちの手をにぎりつぶさなかったのは、気をつけて加減してくれたからだろう。人なつこい笑みを、大きな顔いっぱいに浮かべて、「このグラッバーが、ここでは最高の見ものだろうて。これを見たあとでは、もうなにも見るべきものはないよ」

　わたしはたずねた。「これでなにをするんです？」

　カルロスが笑った。「みごとじゃないか！　それでなにかする必要なんてあるのか？」

　フォワードはその讃辞に大きくうなずいた。「どこかのジャンク彫刻展へ出してみようかと思っておるところだよ。これは、大きな、高密度のものを扱うための装置だ。アームの先のお碗は、電磁石の複合体でな。あの中で、大質量のものを実際に振動させて、極性化した重力波をつくりだすことができる」

　巨大な円弧（アーチ）を描く六本の大梁（ガーダー）が、ドームを、六切れのパイのように分割している。このとき気づいたのだが、その大梁と、中心のシールとは、鏡面のように輝いていた。停滞（ステイシス）フィールドで強化されているのだ。これも、捕握装置を支持するためだろうか？　それほどの強度を必要とする応力とはどういうものなのか、わたしには想像もつかなかった。

「あそこでなにを振動させるんです？　一メガトンの鉛でも？」

「軟鉄で蔽った鉛で、まずテストした。しかしそれは、三年前のことだ。最近ほとんど使用してはおらんが、スティシス・フィールドに封じこんだニュートロニウム球でのテストは、まことに満足すべきものだったよ。重量は百億トンだった」

「それはなんのためです？」とわたし。

カルロスが、腹立たしげにこっちをにらんだが、フォワードは当然の質問としてうけとめたようだ。「目的のひとつは通信だ。銀河系内には、多数の知的種族がいるにちがいないが、大部分は遠すぎて、われわれの船では手がとどかない、連絡にもっとも適しているのは、おそらく重力波だろう」

「重力波は、光速度で伝播するんでしょう？　超空間通信波のほうがいいんじゃないでしょうか？」

「先方が受信できるかどうかわからない。だいたい、アウトサイダー人をおいて、太陽からこんなに離れた空間で実験することを思いつくものがいるだろうかね？　アウトサイダー人と交際のない相手をつかまえようとすれば、重力波を使うよりほかはない……それも、意思を伝える方法がわかっての話だ」

わたしたちに、エンジェルが椅子と飲物をはこんできた。やっと落ちつくと同時に、わたしは除けものにされてしまった。フォワードとカルロスは、プラズマ物理学について、メタ物理学について、また誰がいまなにをしてるかについて、語りあっていた。どうやらふたりには、共通の友人が山のようにいるらしい。そしてカルロスは、とくに重力問題専門の宇宙論学者の消息についていてさぐりをいれているのだった。

そのうちの何人かは、クイックシルヴァー事業団に籍をおいていた。ほかのものは、各植民星に……とりわけジンクス星で、知識学会に対し、たとえば白鳥座のコラプサーの調査継続といったような、さまざまなプロジェクトへの経済的援助を求めようとしていた。

「博士、あなたはまだ知識学会と組んでいるんですか？」

フォワードは首をふった。「もう援助はとめられちまった。結果が思わしくなかったものでね。しかしまあ、この、学会所有の基地だけは、使わしてもらっている。いつかこれも売りに出されて、われわれは立ちのかなきゃならんだろうが」

「よくわからないんですが、なぜ学会は、まずここで実験にかからせたんです？」と、カルロス。「シリウス系にも、手ごろな彗星帯があるのに」

「しかし太陽系は、主星からこれだけ離れても、文明の恩恵にあずかれる唯一の場所なのでね。それに、ここのほうが優秀な共同研究者をあてにすることもできる。太陽系には、いい宇宙学者が、いつもいちばん大勢いるからな」

「あなたは古くからのミステリーを解くために、ここへ来られたんじゃないかと思ってましたよ。ツングースカ隕石のね。もちろん、その名は聞いておられるでしょうが」

フォワードは笑った。「もちろん、聞いたことのないものがいるだろうかね？　ただし、あの夜シベリアに落ちたものの正体は、永久にわからんだろうとわしは思う。反物質の一片だったかもしれん。このノウンスペースにも、反物質が存在するという話をきいたことはあるが」

「そうだとしても、証明はできないでしょうね」カルロスは認めた。

「あんたのほうの問題を話しあってみようじゃないか？」フォワードは、わたしのいることを思いだしたらしい。「シェイファー。プロのパイロットは、ハイパードライヴ・モーターがなくなると、どんなふうに考える？」

「周章狼狽（しゅうしょうろうばい）するだけでしょう」

「なにか理論づけは？」

海賊についてはいわないことにした。フォワードが先にそのことをいいだすかどうか、知りたかったからだ。「気にいってくれる人がいるとは思えないんですが」と前おきして、わたしは、ハイパースペースに棲む怪獣についての論議を話してきかせた。

フォワードは、礼儀正しく、最後まで耳をかたむけてくれた。それから、「ひとつだけいえるのは、それに対しては反証があげにくいだろうということだな。あんた自身、いい理論だと思うかね？」

「どうもそうじゃないみたいですね。前にもいちど、自然法則をさがすべきときに、宇宙の怪物をさがしていて、死にかけたこともあるし」

「なぜそのハイパースペースの怪獣は、あんたの船のモーターだけを食ったのかな？」

「うーん……ちくしょう。お手あげですよ」

「カルロス、あんたはどう思う？　自然現象か、それとも宇宙怪獣か？」

「海賊でしょう」と、カルロス。

「海賊が、どういう方法で？」

「そう、このハイパードライヴ・モーターだけが消えて、船が残った事件——たしかに、はじめての現象だ。思うに、中性子星かブラックホールなみの強力な潮汐効果を起こす、鋭い重力傾斜が必要でしょう」

「人類の版図内のどこにも、そんなものは見つからんだろう」

「わかってます」カルロスは、がっくりきたような表情だ。もちろんお芝居にちがいない。さっきはまるで、正解を手にいれたようなようすだったのだから。

フォワードがいう。「いずれにせよ、ブラックホールにそういう作用はないと思うね。もしブラックホールのせいなら、なにが起こったかなど知る余裕もあるまい。船全体がそこへ落ちこんで消えてしまうだろうから」

「強力な重力発生機ならどうです？」

「ふうむ」フォワードは、考えこみ、ついで大きな頭を横にふった。「いま問題なのは、何百万Gという重力だ。わしの知るかぎり、どんな重力発生機でも、そのレベルでは自己崩壊してしまう。まてよ、スティシス・フィールドで枠組みしたら……いや、だめだ。枠は保(も)っても、ほかの機械部分が水のように流れてしまう」

「ぼくの理論は、どうやらあとかたもなくなってしまいそうですね」

「申しわけない」

しばしの沈黙を、カルロスが破って、たずねた。「宇宙の開闢(かいびやく)を、あなたはどう考えてますか？」

ふいの話題転換に、フォワードは当惑したようだ。

わたしもなんとなく不安になってきた。

宇宙論のことは知らなくても、態度や語調ならわかる。カルロスは、フォワードを自分の結論へ引きこもうとするあまり、手のうちを見せすぎていた。ブラックホール、海賊、ツングースカ隕石、宇宙の起源――いずれも彼の出した手がかりだ。だがその餌に、フォワードはいっこうに食いついてこない。

彼がしゃべっている。「宗教家にきいてみるがいい。わし自身は、大爆誕(ビッグ・バン)理論に傾いている。定常宇宙論は、どうもまやかしのように思えてな」

「ぼくも大爆誕(ビッグ・バン)のほうが好きですね」と、カルロス。

ほかにも気になることがあった。あの、採鉱曳船(マイニング・タッグ)だ。おそらくフォワード基地の所属にちがいない。よく知っているあの三隻が、ここへやってきたら、アウスファラーはどう対処するだろうか？

いや、どう対処してくれるのが望ましいだろうか？　このフォワード基地は、まったくすてきな海賊の本拠になりうる。ほとんどなんの秩序もなく掘られた、レーザー掘削の坑道がいっぱい……そのネットワークがふたつあって、表面だけでつながっているとしたら？　どうしてそれが知りえようか？

ふいに、知りたくなくなった。地球へ向かいたい。もしカルロスが、きわどい話題を避けていてくれさえすれば――

だが彼はまた、船食いの話をむしかえしていた。「さて、テストに使われたという、その百億トンのニュートロニウムですがね。それでも、問題の重力傾斜をつくりだすには、大きさも密度も不足ですね」

「表面のすぐ近くでなら、可能かもしれんよ」フォワードは、にやりとして、両方の手のひらを近づけた。「大きさは、このくらいだがね」

「そしてそいつが、この宇宙で、物質が到達しうる最高の密度か、残念だな」

「まったくだ。しかし……量子ブラックホールのことは、ご存じかね？」

「ええ」

　フォワードが唐突に立ちあがった。「それは困ったことになったな」

　わたしは網椅子からころげ出ると、跳躍するため身をかがめながら、ジャンパーの第三のボタンをまさぐった。まずかった。ここの重力に、わたしは慣れていなかったのだ。

　フォワードはもう空中をとんでいた。すりぬけざまにカルロスのこめかみを手刀で一撃した。跳躍の頂点でわたしに追いつくと、鋼鉄のような手で手首をつかんだ。

　勝ち目はないものの、わたしは夢中で蹴とばした。彼はそれを防ごうとさえしなかった。まるで山と格闘をしているようなものだ。彼はわたしの両手首をひとまとめにつかんで、宙を引きずっていった。

　フォワードは大わらわだった。馬蹄形をした制御コンソールの中にすわって、しゃべっている。コンソールの縁の上に、からだのついていない頭だけのうしろ姿の映像が三つ、浮かんでいる。

　コンソールには、レーザー交信機があるのにちがいない。フォワードのことばのはしばしが聞きとれた。三隻の曳船のパイロットたちに、ホボ・ケリイ号を始末するよう命じているのだ。アウスファラーがいることには、まだ気づいていないらしい。

　フォワードはその仕事に夢中だったが、エンジェルは、疑念か、不快か、あるいはその両方をたたえた目で、しきりにこっちをうかがっていた。当然だろう。わたしたちは消せても、すでにどんなメッセージを地球へ送ってしまっていることか？　それに、カルロスも当てにできない。

エンジェルのその目つきを利用する手だても、思いつかなかった。

だいたい、カルロスの姿も、わたしには見えないのだ。フォワードとエンジェルが、わたしたちふたりを、グラッパーの基部にあたる中央の柱の両側に縛りつけたのである。それ以後、カルロスは、身動きの音も立てていない。頭にうけた強烈な一撃のせいで、死にかけているのかもしれなかった。

手首を縛った紐を引っぱってみた。なにか金属の網の一種のようで、つめたい感触だ……しかも、きっちりとくいこんでいる。

フォワードがスイッチをひねった。三つの頭が消えた。ついで、彼が話しかけた。「ひどい立場に追いこんでくれたものだな」

すると、カルロスが答えた。「あんたのまいた種だよ」

「そうもいえるがね。だいたいきみは、自分の知っていることをひけらかしすぎたよ」

カルロスが、「ベイ、すまんな」

元気なようだ。よかった。「まあいいさ」と、わたし。「しかし、そもそもこのさわぎは、いったいなんだい？　フォワードはなにを手にいれたんだ？」

「ツングースカ隕石だと思うんだ」

「いや。そうではない」フォワードが立ちあがり、こっちへ向きなおった。「ここへきたのが、ツングースカ隕石をさがすためだったのは事実だ。数年のあいだ、地球をつらぬいたあとのその軌道を追い求めた。おそらく量子ブラックホールだったろう。ちがうかもしれん。とにかく、史上はじめて、わしが実在する量子ブラックホールを発見したそのとき、学会はなんの予告もなしに、資金援助を打ち切ったのだ」

わたしが、「それじゃまだ、なんのことかよくわからんね」

「まあ落ちついてきくがいい。シェイファーさんよ。巨大な星が崩壊してブラックホールになるということは知っているな？　よろしい。そうなるためには、少なくとも太陽の五倍の質量が必要だということもご存じだろう。銀河系ほどの質量であってもかまわん——あるいは、宇宙全体くらいでもだ。この宇宙そのものが、一個の完結したブラックホールだという証拠も、いくつかあがっている。しかし、太陽の五倍に充たない質量の恒星は、中性子星の段階までで崩壊がとまってしまう」

「そこまではわかるよ」

「だが、宇宙の歴史の中で、ただいちど、もっと小さいブラックホールが形成されうる瞬間があったのだ。その瞬間とは、初源のかたまり、つまり、その宇宙の全物質をひとつにした、いわば宇宙の卵が爆発をはじめたそのときだ。そういうおそるべき爆発の内部には、想像を絶する高圧の区域がいくつもできたにちがいない。そこでは、質量二・二かける十のマイナス五乗グラム、直径一・六かける十のマイナス二十五乗オングストロームという極微のブラックホールまでが、形成されえたのだ」

「もちろん、そんな小さなものを探知する方法はないがね」カルロスがいった。ほがらかとさえいえる口調だ。なぜだろう……そう思うと同時に気がついた。船の消失の筋道が、予想していたとおりだったのだ。それが、柱に縛りつけられている窮状をも埋めあわせて余りあるほどの喜びだったのだろう。

「しかし」と、フォワードがつづけた。「その爆発のさいには、あらゆる大きさのブラックホールが形成されえたし、実際に形成されたにちがいない。だが七百年にわたる捜索の歴史上、そういった量子ブラックホールはひとつも発見されていない。そこでほとんどの宇宙論学者は、捜索をあきらめるとともに、大爆誕説をも見かぎってしまった」

カルロスが、「むろん、ツングースカ隕石の例はある。あれがブラックホールだとすると、そう、小惑星なみの質量――」

「――で、大きさは分子くらいだ。それでも、通過のさいには潮汐作用が樹木を引き倒し――」

「――そして、地球をつきぬけたブラックホールは、数トンの重さを加えて、宇宙へ飛び去っていった。八百年前には、実際にその出ていった地点の捜索もおこなわれた。それによって、軌道コースがつきとめられるから――」

「そのとおり。しかし、その捜索はあきらめなければならなかった」とフォワード。「新しい方法に切りかえたとき、残念なことに、学会は援助を打ち切ってしまったのだ」

　ふたりとも頭がおかしくなったんじゃなかろうかと、わたしは思った。カルロスは柱に縛られ、フォワードはいまにも彼を殺そうとしているというのに、ふたりはわたしを仲間はずれにして……まるで閉鎖的なクラブのメンバー同士のように話しあっているのだから。

　カルロスが興味をひかれたようすで、「どんな方法なんだ？」

「小惑星が量子ブラックホールをとらえている可能性のあることは、ご存じだな？　その内部にだが？　たとえば、十の十二乗キログラム——十億トンだ」わたしのために、いいなおしてくれたらしい。「そのくらいのブラックホールは、直径が一・五かける十のマイナス五乗オングストローム。原子よりも小さい。それが小惑星にゆっくりぶつかると、何十億個かの原子をのみこむうちに減速されて、その内部の軌道にのってしまう。それ以後は何万年にもわたって、小惑星の内側を、ごくわずかずつ質量をのみこみながら周回する」

「それで？」

「で、もしたまたま、見かけよりもずっと大きな質量をもった小惑星を見つけたら……そして、その小惑星を、なんらかの方法でわきへのけたとき、あとにまだ質量が残ったら……」

「ずいぶんたくさんの小惑星にあたってみたんだろうな。でも、どうしてこんなところで？　なぜ小惑星帯でやらなかったんだ？　ああ、そうだな、ここでなら、ハイパードライヴが使える」

「そのとおり。ここでなら、わずかな燃料消費で、一日に十個以上も捜索できる」

「おい。もしあんたの見つけたやつが、宇宙船を食うほど大きいんなら、どうしてその小惑星を食いつくしてなかったんだ？」

「それほど大きくはなかったんだよ」とフォワード。「さっきいったくらいのものだった。それを、わたしが大きくした。この基地へ曳いてきて、手持ちのニュートロニウム球にぶつけてな。それでそいつは、小惑星をのみこめるくらいになった。いまじゃ、じつに巨大なしろものさ。質量は十の二十乗キログラム、大型小惑星なみだ。直径は、十のマイナス五乗センチメートルよりちょっと小さい」

フォワードの声は、満足げだった。いっぽうカルロスの声は、がらりと軽蔑口調に変わった。「それだけの大仕事をなしとげたあげく、あんたはそれを、船を襲って掠奪し、証拠を隠滅するために使ってるのか。ぼくらの身にも、同じことが起こるんだろうな？　アリスのうさぎ穴(ラビット・ホール)をくぐると――」

「べつの宇宙へ出るだろう、たぶんな。ブラックホールは、どこへつづいているのだろうかね？」

どこへだろう、とわたしも思った。

エンジェルが、制御コンソールで、フォワードのいた席についている。フォワードとちがって、座席ベルトをきちんとかけ、機器類とこっちの話とに、等分に注意を向けているようだ。

「まだよくわからないのは、どうやってそいつを動かしたか」いいかけて、カルロスは突然、「あッ！　あの曳船か！」

フォワードは、カルロスをまじまじと見つめ、ついで笑いだした。「それに気づいてなかったのか？　だがいうまでもなく、ブラックホールは帯電させることができる。古いイオン式反動モーターの噴流を、一カ月近くあててやったのでね。今はもう、莫大な電荷をもっているよ。曳船で引っぱるには充分だ。もっといくつもほしい気がする。そのうち見つけるさ」

「ちょっと待った」とわたし。ふと頭をよぎった重大な事実に気づいたのだ。「その曳船には武器はないのか？　そいつらの仕事は、ただブラックホールを引っぱるだけなのか？」

「そのとおりだ」フォワードが、けげんな顔を向けた。

「おまけに、ブラックホールは目に見えないんだな」

「いかにも。それを宇宙船の航路に曳きこむ。船があるていど以上近くを通ると、通常空間へ放りだされる。ブラックホールをあやつって、その船の駆動部をつきぬけさせて動けなくし、折をみて乗りこんで金目のものをさらう。それからブラックホールをゆっくりぶつけてやれば、船はあっさり消えてしまうという寸法さ」

「最後にもうひとつ質問」と、カルロス。「なぜだ？」

わたしには、もっと重大な疑問があった。

アウスファラーは、さきほど出あったあの三隻の船が近づいてきたら、どうするだろうか？　まったく武装のない船だ。その唯一の武器は、目に見えないのである。

まったく気づかれずに、そいつはゼネラル・プロダクツ製の船殻を食いやぶるだろう。

アウスファラーは、非武装の船に、発砲するだろうか？

いますぐにもわかることだった。すでにドームのはずれ近く、三つの小さな光点がかたまって浮かんでいるのが、肉眼でも認められた。

エンジェルももう見つけていたようだ。交信機のスイッチをいれる。頭の映像が、ひとつ、ふたつ、三つと浮かび出た。

フォワードへ目をうつしたわたしは、その顔にわだかまっている憎悪の表情に、どぎもをぬかれた。

「幸運の星に恵まれた男」カルロスに向かって、彼はいった。「生まれながらの貴族。きわめつきの超人。おまえは、そもそも他人からものを盗むことなど、考えたことがあるかね？　あらゆる女が、おまえの前にひざまずいて、子種を、できれば直接に、だめなら郵送ででも、与えてほしいと願うのだ！　地球の全資産が、おまえを健全に生かしておくために存在する以上、わざわざ手を出すまでもないわけだ！」

「びっくりするかもしれないが」と、カルロス。「あんたたちこそスーパーマンだと思ってる人たちもいるんだぜ」

「生まれつき強いのだ、われわれジンクス人はな。だがその代償はどうだ？　寿命は短い。ブースタースパイスの助けをかりてもだ。ジンクスの重力から離れて暮らせば、もっと長生きができる。しかしほかの世界のやつらにとって、われわれは笑いの種だ。女どもは……まあいい」しばしためらったが、結局いいだした。「地球の女のひとりが、あるときわしに、トンネル掘りの機械とでも寝るほうがましだといった。わしの腕力が心配だったのだ。そうでない女がいるだろうか？」

三つの明るい光点は、すでにドームのほぼ中央に達していた。そのあいだには、なにも見えない。見えるとも思わなかった。エンジェルはまだ、パイロットたちになにか話しつづけている。

ドームの縁から、視界にはいってきたものがある。誰もそれに気づかぬように願いながら、わたしは口をひらいた。「フォワード。それがきさまの、大量殺人に対するいいわけなのか？　女に不自由したってことが？」

「いいわけなど必要ないんだぞ、シェイファー。わが故郷は、わしのしたことに対し、感謝をささげるだろう。地球は、星間貿易で、あまりにも長いあいだ甘い汁を吸いつづけてきたからな」

「感謝されるとはお笑いぐさだね。このことを打ちあけるつもりかい？」

「わしは――」

「ジュリアン！」エンジェルが呼びかけた。彼も気づいたのだ……いや、彼ではない。見つけたのは、曳船のパイロットのひとりだった。

フォワードは、さっとわたしたちのそばを離れた。低い声で、エンジェルとなにかを打ち合わせると、ふりかえった。「カルロス！　おまえは船を自動操縦にしてきたのか？

それとも、ほかに乗っているものがいるのか？」

「いう必要はないね」と、カルロス。

「いわせようとすれば――いや、あと一分もすれば、どうでもよくなることだ」

エンジェルが、「ジュリアン、やつの動きを見てください」

「ああ。うまい手だよ。人間が乗っていないかぎり、できんことだろう」

アウスファラーは、ホボ・ケリイ号を、ここと曳船とのあいだにもってきたのだ。もし曳船側が、ありきたりな兵器で攻撃してきたら、このドームを吹っとばし、全員を殺す羽目になるだろう。

　その曳船三隻が、近づいてくる。

「やつはまだ、こっちの手のうちには気づいておらん」フォワードが、やや満足げにつぶやいた。

　たしかにそのとおりだが、それだけ危険な仕事でもある。三隻の非武装船は、いずれアウスファラーののどもとにせまり、できるかぎりゆっくりとその武器を投げつけてホボ・ケリイ号をのみこませ、基地に危険が及ぶ前に、それをもういちどひろいあげようという手筈なのだ。

　わたしのところから見ると、ホボ・ケリイ号はまだ明るい光点にしかすぎず、それより淡くて遠い三つの光点が周囲をかこんでいる。フォワードとエンジェルは、交信機のスクリーンで、もっとよく見ているだろう。もうこっちのほうなど振り向きもしない。

　わたしは、両足の靴を蹴り捨てようとした。船内用のやわらかい、かかとの高い靴なので、なかなか脱げない。

　やっと左の靴が脱げたとき、曳船の一隻が、ルビー色の光を放って燃えあがった。

「あいつ、やったぞ！」カルロスは、喜ぶべきか愕然となるべきか、迷っているようだった。「非武装の船を射ったんだ！」

　フォワードが、エンジェルに、あごをしゃくった。エンジェルが席を離れた。フォワードは、そこへすべりこむと、分厚いシートベルトをかけた。どちらも無言のままだ。

二隻めの船が真紅の炎を吐き、ついでピンク色の雲となってふくらんだ。

三隻めは、もう逃走にかかっていた。

フォワードが、制御装置を動かしながら、「質量探知機でつかまえたぞ」とわめいた。

「チャンスはいちどしかない」

わたしのほうも、チャンスはただいちどだった。もう片方の靴を、足の指で引きはがした。頭上では、グラッバーをつけたジョイントだらけのアームが、いっぽうへ動きだしている……そして突然、わたしは、彼らのいっていたことの意味をさとった。

いまやドームの向こうは、ちょいとした見ものだった。星々を背景に、ゆっくり動くグラッバー、ホボ・ケリイ号の駆動部の輝き、のたうちまわる二隻の残骸。ふいにそのひとつが、パッと青白い炎をひらめかせて消失した。あとには、塵雲ひとつ残っていなかった。

アウスファラーも、これを見たのにちがいない。ぐるりと船首をまわして、彼は逃げだした。まるで、見えない手がホボ・ケリイ号をつかんで投げとばしたみたいだった。核融合の光芒がシュッと走ると、船はもうドームの縁の向こうへ姿を消していた。

曳船の二隻が破壊され、一隻が逃走した今、ブラックホールは、まっすぐわれわれめがけて、自由落下中のはずだ。

もう目にうつるのは、グラッバーの微妙な動きばかりだった。エンジェルは、フォワードの座席のうしろに立ち、その椅子の背を握りしめている両手のこぶしは、血の気がうせてまっ白だ。

数ポンドに感じられていたわたしの体重が消えうせ、自由落下状態になった。またもや潮汐力だ。目にみえないほどの物体が、足もとの小惑星全体よりも大きな質量をもっているのだ。グラッバーが、さらに一メートルほど、いっぽうへ振れ……そしてなにかがそれに、すさまじい一撃を加えた。

床が足もとから遠のき、わたしは、グラッバーの上空に、さかさにぶらさがっていた。巨大な犬の食器が、こっちへぐんぐん迫ってくる。ジョイントつきの金属アームが、スプリングのように沈みこんでいく。しだいにその速度がゆるみ、やがて停止した。

「やった！」エンジェルが、ニワトリみたいな、ときの声をあげ、片手で座席につかまったまま、片手でその背をたたいた。ざまをみろというように、こっちをふりかえり、またふいに視線をもどした。「あの船！　逃げてしまいましたよ！」

「いいや」フォワードがコンソールに身をのりだした。「まだ見える。うまいぞ、やつはもどってくる。まっすぐこっちへ向かっている。こんどは、正体のわからぬ曳船など、おらんのだからな」

一本腕のグラッバーが、重々しく、ホボ・ケリイ号の消え去った方向へ、動きはじめた。目にみえない巨大な質量を引きずって、いちどに数センチずつ、小きざみに位置をかえていく。

そしてアウスファァラーは、わたしたちを救いにもどってくるのだ。このままでは、いいかもだ。しかし――

わたしは、両足の指先で、無重力ジャンパーの第一と第四のボタンをまさぐった。

このすばらしいジャンパーに仕込まれた武器も、ジンクス人の腕力と敏捷さの前には、いままで役に立たなかった。しかし、フラットランダーのからだは、しなやかというにはほど遠いし、その点はジンクス人も同じだ。フォワードは、わたしの両手を縛っただけで、安心していたのである。

両足指で、ふたつのボタンをつかんでひっぱった。

両脚が、よじれたように曲がっている。うまく力がはいらない。しかし、上のボタンがとれると、糸もついてきた。フォワードの手にある底なし孔(あな)に対抗する、これも見えない武器だ。

糸にひかれて、四番目のボタンもとれてきた。両足を本来あるべき場所へもどし、糸をピンと張って、ぐいと後方へ押す。シンクレア単原子チェーンが、柱にくいこんでいくのが感じられた。

グラッバーは、依然として同じ方向へ移動をつづけている。

糸が柱を切り終えたら、わたしはそれを背中へまわして、いましめを切るつもりだった。手首を切りおとして、出血多量で死ぬ羽目になるかもしれないが、やってみるほかはない。

だが、フォワードがブラックホールを射ちだす前に、どこまでやれるだろうか。

ふと、つめたい風が、足にふれた。

見おろすと、柱のまわりから、濃い霧が湧きだしている。

髪ひとすじの切り口から、おそろしくつめたいなにかのガスが、洩れだしたのにちがいない。

わたしは押しつづけた。霧がふえてくる。足先がしびれてくるほどのつめたさだ。ふいに抵抗がなくなり、魔法の糸が柱を切断し終えたのがわかった。では手首の番だ——

液体ヘリウムだろうか？

わたしたちが縛りつけられたこの柱は、超電導ケーブルの中枢をおさめていたのだ。

彼の誤算というべきだろう。注意ぶかく両足を前へ出していくと、糸がふたたび柱に切りこんでいくのがわかる。

グラッバーの移動がとまった。いまやその先端部は、フォワードが微調整を加えるのに合わせて、目のみえないミミズが方向をさぐるような動きをみせている。さかさまの姿勢で椅子の背につかまっているエンジェルの手に、力がこもった。

両足が、つと前に出た。切り終えたのだ。両足はおそろしく冷え、ほとんど感覚がない。

ふたつのボタンを離し、それがドームのほうへただよっていくにまかせると、両かかとをうしろの柱へ打ちつけた。

なにかずれたようだ。もういちど蹴る。

雷鳴と稲妻が、足のまわりに炸裂した。

あわてて両足を、あごの近くまで引きあげた。霧のうねりの中で、稲妻がはじけ、まっ白な光輝を放つ。エンジェルとフォワードが、びっくりしてふりかえった。凝然と見まもるふたりへ、わたしは大笑いをあびせた。そうとも、諸君、わざとそうしてやったんだ。

稲妻がやんだ。突然の静寂の中で、フォワードがわめいていた。「――てことをしてくれたんだ！」

ガリリとなにかをひっかくような振動が、背中に伝わってきた。わたしは、ふり仰いだ。グラッパーの一端が、なにかにくい破られたように欠けていた。

逆さ吊りのままの体重が、だんだんふえていくような気がする。エンジェルが突然、フォワードの椅子の背をつかんだ手を軸に、ぐるりと半回転した。ドームの上、空を足の下にして、ぶらさがった格好だ。彼は悲鳴をあげた。

わたしは両脚で、うしろの柱をしっかりはさみこんだ。カルロスの脚が、宙でもがいている。もがきながら、カルロスは声をあげて笑っている。

ドームの縁近くに、光の矢が現われた。ホボ・ケリイ号の駆動の炎だ。減速しながら、ぐんぐん大きくなってくる。それ以外、空にはなにも見えない。やがて、ぴしっという音とともに、ドームの一部が消滅した。

エンジェルが、悲鳴をあげて落下した。ドームのすぐ近くで、彼が青い炎をあげるのがみえた。

そして、消えてしまった。

ドームの孔から、空気が轟音をあげて逃げだしていく――それ以上の量が、それまでは目にみえなかったものに向かって吸いこまれていく。いや、それは今や、床に向かってゆっくりと動いていく、青い光点だった。フォワードが、からだをねじまげて、それを目で追っている。

室内の、固定されていなかったあらゆるものが、その光点のまわりを流星のようにきりきり舞いし、あるいはまっすぐ落ちこんで、炎をきらめかせる。わたしのからだを構成する原子のひとつひとつが、その引力を感じ、無限の落下を狂おしく望んでいる。いまやわたしたちふたりは、水平になった柱から、並んでぶらさがっていた。カルロスが、わたしと同じように口を大きくあけているのをみて、わたしは安心した。空気がなくなったときに破裂しないよう肺をからっぽにしておくためだ。

耳の奥が切りさかれるように痛み、腹腔が内圧でふくらんでくる。

フォワードが、制御コンソールに向きなおった。ダイアルのひとつを、大きくひねった。

それから――座席ベルトをほどき、席から出て立とうとすると同時に落下した。

光がきらめき、彼は消滅した。

稲妻の色をしたその炎は、床面へただよい着くと、中へはいりこんでいった。ますますはげしくなる空気の咆哮を圧して、岩石のくだける轟音が聞こえだしたが、ブラックホールが小惑星の中心へ落ちていくにしたがって、そのひびきも遠のいた。

空気はおそろしく稀薄だったが、すっかりなくなったわけではなかった。肺臓は、真空を呼吸しているような感じだ。しかし血液は沸騰していない。思いがけないことだ。で、わたしは、ひたすら喘ぎつづけた。もう意識には、そのことしかなかった。目の前で黒い斑紋がチラチラするのを感じながら、ひたすら喘ぎつづけ、生きのびているうちに、アウスファラーが、透明プラスティックの包みと、大きなピストルをたずさえて到着した。背負い型のロケットで、彼はとびこんできた。減速するあいだも、彼は倒す相手はいないかと周囲を見まわしていた。炎の輪を描いてもどってくると、ヘルメットごしにわたしたちのようすをうかがったが、どうやらもう死んでいるのではないかと思っているようすだった。

それから、プラスティックの包みをぱらりとひらいた。ジッパーと、小さなタンクのついた、うすい袋だ。わたしたちのいましめを切るのに、物入れをさぐってトーチを出さなければならなかった。まずカルロスを自由にし、袋の中へ助けいれた。カルロスは、鼻と耳から出血していた。ほとんど身動きもしない。わたしとて同じだったが、アウスファラーは、わたしもカルロスと同じ袋の中にいれ、ジッパーを閉じた。シュッと音がして、周囲に空気が吹きだしてきた。

つぎはどうするのだろうと、わたしは思った。ふくれあがったこの救助袋は、大きすぎてトンネルにはいらない。アウスファラーは、その点も考慮ずみだったようだ。ドームに向かって発砲し、大きな穴をあけると、バックパックロケットの力でそこからとびだしたのである。

ホボ・ケリイ号は、すぐ近くに接地していた。そのエアロックにも、救助袋は大きすぎてはいらない……そこでアウスファラーは、わたしの最悪の予想を裏書きした。自分の口を大きくあけて、わたしたちにもそうするように指示した。ついで救助袋のジッパーをひらき、肺から奔流のように空気を吐きだしているわたしたちを、押しこむようにエアロックへいれたのである。

ふたたび空気がもどってきたとき、カルロスが、つぶやくような声でいった。「もう二度とこんなことはしてくれるなよ」

「もう二度とする必要はないと思うよ」アウスファラーは笑顔で、「どうやったのか知らんが、おみごとだったな。この船には、最高設備の自動医療機（オートドック）が二台ある。そこであんたたちが治療をうけているあいだに、この小惑星の中の盗まれた品々がとりもどせるかどうか見てこよう」

カルロスが手をあげたが、声が出ない。まるで死人が生きかえったばかりのような姿だ。鼻と耳から血を流し、口は大きくあけたまま、船内重力に抗して、手をもちあげるのがやっとのようにみえる。

「ひとつききたい」アウスファァラーが、きびきびと、「あの中では大勢が死んでいた。生きているものは見かけなかった。あそこには何人いたんだ？　捜索中に、抵抗をうける可能性は？」

「やめとけ」カルロスが、かすれ声で、「船を出すんだ。いますぐ」

アウスファァラーは眉をひそめた。「いったい――」

「時間がない。船を出せ」

アウスファァラーは、すっぱい顔で、「いいとも。だがなにはともあれ、オートドックに――」いこうとするのを、カルロスの弱々しい手が押しとどめた。

「必要ないよ。このくそッたれ、ぼくは見たいんだ」ささやくような声。

ふたたび、アウスファァラーは折れた。小走りに操縦室へ向かう。カルロスが、そのあとにつづく。わたしも、鼻から流れる血を拭きふき、ふたりを追いかけた。半死半生のていだったが、カルロスがなにを見たがっているのかは、だいたい推察できたし、わたしとてそれを見のがしたくはなかったのだ。

座席につき、ベルトをかけた。アウスファァラーがメイン・スラスターをふかした。岩塊が、みるみる遠ざかっていく。

「これだけ離れれば充分だ」やがて、カルロスがいった。「向きをかえてくれ」

アウスファラーは、それに従ってから、「なにがお目当てなんだね？」

「いますぐわかるよ」

「カルロス、わたしがあの曳船を射ったのは、正しい処置だったろうか？」

「ああ、もちろんだとも」

「よかった。気にしていたのだよ。では、フォワードが船食いだったのだね？」

「ああ」

「助けにいったとき、姿がみえなかった。彼は、どこにいるんだ？」

カルロスが笑いだしたので、アウスファラーは気分をわるくしたようだ。わたしもそれに加わったので、なおさらだった。笑ったせいで、のどが痛くなった。「でも彼は、おれたちの命を助けた」とわたし。「席からとびだす直前、空気圧を高めるようダイアルをまわしたにちがいないんだ。どうしてそんなことをしたのかな？」

「名を残したかったんじゃないかな」カルロスが、「ぼくらのほかに、彼のやったことを知ってるものはいないんだから。あッ――」

はっと目をあげると、ちょうど小惑星の一部が、深いクレーターを残して内部に陥没したところだった。

「軌道の遠地点では速度がおそくなる。それだけ多量の物質をのみこむわけだ」と、カルロス。

「なんのことを話してるんだね？」

「あとでな、シグムンド。のどがもう少しなおってからにしよう」

「フォワードが持ってたのは、穴だったんだよ」と、わたしは口をそえた。「だが、それをいれたポケットにも――」

小惑星の反対側の面が陥没した。一瞬その奥で、稲妻がきらめいたように思われた。ついで、よごれた雪玉のような小惑星全体が、ぐんぐん縮みはじめた。

わたしは、はっと思いついた。カルロスはまだ気づいていないらしい。「シグムンド、この船のスクリーンは、自動遮光式になってるんだろうね？」

「もちろん、この船には――」

宇宙を食いつくすような閃光が現われた瞬間、スクリーンは真暗になった。眺めがもどってきたとき、そこに見えるのは、満天の星々ばかりだった。

無常の月

小隅 黎◎訳

Inconstant Moon

1

異変がやってきたとき、ぼくはテレビのニュースを見ていた。目のかたすみで、なにかがチラッと動いたような感じだった。バルコニーのほうをふり向いたが、なんだったにしろ、見きわめるにはもうおそすぎた。

とっても月の明るい夜だ。

そう思って微笑を浮かべただけで、ぼくはテレビに向きなおった。ちょうどジョニー・カースンが、おしゃべりをはじめたところだった。

最初のコマーシャルになったとき、ぼくは立ちあがって、コーヒーをあたためなおしにいった。深夜番組で、コマーシャルは三つか四つ、たてつづけにつながっている。時間はたっぷりだ。

もどってきたとき、月の光に目をとらえられた。さっきまでも明るかったのだろうが、今はさらに明るい。催眠的(ヒプノティック)な明るさだ。ぼくはガラス戸をあけると、バルコニーへ出てみた。

バルコニーといっても、手すりのついた出窓に毛のはえたような、男と女が並ぶと、あとは携帯式バーベキュー・セットが置けるくらいのものである。この数カ月、ここから眺める景色は、とくに日没前後がすばらしかった。パワー・アンド・ライト社が、ガラス張りスタイルの社屋を建てはじめている。今のところは、まだ鋼鉄のフレームができているだけだ。真赤な夕焼け空に逆光のシルエットをさらすと、それは、くっきりした超現実的な、世にもおそろしい印象を与える。

そして今夜……。

こんな明るい月は、見たこともなかった。荒野の中へ出ても、こんなに明るくはない。〝本が読めそうな明るさ〟という文句が頭に浮かび、すぐに、〝しかしそれは幻想にすぎない〟とつづいた。月の大きさは(前にどこかで読んだことだが)三メートルほど離した二十五セント玉(クオーター)より大きくはない。それが読書できるほどに輝くことなど、あるはずがない。

おまけにまだ十日月なのだ!

しかし、西のかなた、サンディエゴ・フリーウェイの上に輝いているその月の光は、路上を流れる車のヘッドライトをも薄れさせるほどだった。まぶしさに思わず目をつぶりながら、ぼくは、その月面上に、波形模様の足跡をきざみつけながら歩いている男たちのことを思った。書いているものの関係で、ぼくはいちど、その乾ききった月の石を手にとってみる機会があったのだ……。

ショウの再開する気配を耳にして、ぼくは部屋の中へもどった。だが、そこからもういちどふりかえると、月はさらに明るさを増しているようだ——まるで、前面を走る一群の雲のうしろから顔を出したみたいに。

今や、その光は、頭をしびれさせるような、まさしく〝狂気じみた（ルーナティック）〟ものになっていた。


電話に彼女が出るまでに、ベルは五回鳴った。

「やあ」とぼく。「きいてくれ——」

「なあに」レスリーの声は、眠たそうで、恨みがましかった。しまった。彼女もぼくのように、テレビを見てるだろうと思っていたのに。

ぼくはいった。「ぎゃあぎゃあいうなよ。わけがあって電話したんだから。寝てたんだね？　だったら起きて——起きられる？」

「いま何時？」

「十二時十五分前」

ずだ。

「わかった」

「バルコニーへ出て、見てごらん」

「ひどいわ!」

受話器をおく、カタリという音。ぼくはそのまま待った。レスリーの部屋のバルコニーは、ぼくのと同じ北と西に面しているが、十階ぶん高いから、それだけ見はらしがきくはずだ。

ぼくの部屋の窓でも、月は布で蔽(おお)ったスポットライトみたいにもえあがっている。

「スタン? きいてる?」

「ああ。どうだった?」

「すごいわね。あんなの、見たことない。月があんなに光るなんて、いったいなんのせいでしょう?」

「わからないけど、でもすばらしかったろう?」

「あなたは昔からこの町に住んでるんでしょ?」レスリーは一年ほど前に、ここへやってきたばかりなのだ。

「いやあ、ぼくだって、こんなのはいちども見たことがないよ。しかし、古いいい伝えがある」と、ぼくはいった。「百年にいちど、ロサンゼルスのスモッグがひと晩だけ散って、空が宇宙空間のように晴れあがる。神様が、そうやって、ロサンゼルスがまだあるかどうか見るんだ。もしまだあったら、神様はそれ以上目にふれないですむように、もとどおりスモッグをひろげてかくしちまう」

「そんな話、もうたいてい知ってるわ。でもね、わざわざ起こして、見せてくれたのは嬉しいけど、あしたもお勤めがあるのよ」

「かわいそうに」

「生活ってものよ、おやすみ」

「おやすみ」

そのあとぼくは、暗い中にすわって、誰かほかの娘に電話することを考えてみた。真夜中に女の子を呼びだして、外へ出て月を見ろとすすめる……それをロマンチックだと思うか、カンカンに怒るかは別として、まさか誰も、ほかに六人も声をかけたんだろうと気をまわしたりすることはあるまい。

で、ぼくは頭の中で、いくつかの名前をあげてみた。しかし、そういうたぐいの女の子は、ぼくがレスリーとだけつきあうようになったここ一年ほどのあいだに、ぜんぶいなくなっていた。当然だともいえる。ジョーンは今テキサスにいるし、ヒルディはもうすぐ結婚をひかえているし、ルイーズをよんだら、たぶんゴーディもよぶことになる。あのイギリス娘は？　いや、だめだ。電話番号を忘れてしまったし、姓もわからない。

おまけに、ぼくの知ってる相手はみんな、それぞれに勤めを持っている。ぼくも生活のためにかせいではいるが、フリーのライターだから、時間には縛られない。今夜誰を起こしたにしろ、明朝に迷惑を及ぼすことになる。まあ、しかたないさ……。

居間にもどったとき、ジョニー・カースン・ショウは、灰色のうずまきと空電の轟(とどろ)きに変わっていた。ぼくは、スイッチを切ると、バルコニーにとってかえした。

月光は、フリーウェイのヘッドライトの流れをもしのぎ、右側はるかのウエストウッド・ヴィレッジよりも明るくなっていた。サンタモニカ丘陵が、あやしい真珠色に光っている。月の近くに、星はみえなかった。まぶしい輝きに消されてしまったのだ。

ぼくは、科学関係とハウツーものの著述で生計をたてている。ぼくなら、なにが月をあのようにしたかを、ひねりだすこともできるはずだ。月がふいに大きくなるということが、あるものだろうか？

……気球のように膨張してか？　ちがう。たぶん、こっちへ近づいたためだ。落下する月？

津波だ！　十五メートルもの高さの……そして、地震だ！　サン・アンドレアス断層帯が、グランド・キャニオンみたいに口をあけるかも！　すぐ車にとびのって、山岳地帯へ向かうか……いや、もうとてもまにあうまい……。

なにを考えてるんだ。月は、明るくなっただけで、大きくなったわけじゃない。そのことは、はっきりしてる。それに、月がそんなふうに落下してくるどんな原因が考えられるというんだ？

目をつぶると、網膜に残像が残った。それほどの明るさなのだ。

いまも、たぶん百万もの人びとが、ぼくのように、月を見上げ、首をかしげているだろう。この現象についてなにか書けば、売れるだろうな……もし他人より先に書ければだが……。

なにか、単純かつ明快な説明があるにちがいない。

そう、月が明るさを増すのはなぜか？　月の光は、太陽の反射だ。太陽が明るさを増したのだろうか？　だとしたら、それは日没後に起こったにちがいない。さもなければ、ここで見られたはずだ……。

この考えは、どうにも気にくわなかった。

それにしても、地球の半分は太陽に面を向けている。〈ライフ〉や〈タイム〉や〈ニューズウィーク〉や〈アソシエイテッド・プレス〉の、一千にのぼる通信員たちが、ヨーロッパやアジアやアフリカから呼びかけてきているはずだ……それともみんな、地下室にかくれているのか、それとももう死んでしまったか。あるいは、太陽による空電のせいで通信できないのか。ラジオも、電信網も、テレビも……テレビ……そういうわけか！

ようやく、ぼくは、ほんものの恐怖にとりつかれはじめていた。

よし、総括してみよう。月がおそろしく明るくなった。月の光は、つまり、太陽の反射だ。どんなバカでもそのくらいは知っている。とすると……なにかが太陽に起こったのだ。

2

「もしもし？」

「ああ、ぼく」そういったとたんに、のどが凍りついたようになった。しまった！　いったい彼女に、なんというつもりだったんだ？

「いま、月を見てたのよ」彼女の声は、まるで夢心地のようだった。「すばらしいわ。望遠鏡で見てみようとしたんだけど、なにも見えなかった。明るすぎるのね。街じゅうが照らされてる。丘はぜんぶ銀色よ」

そうか、彼女のバルコニーには、望遠鏡があったんだ。すっかり忘れていた。

「あれっきり、寝る気なんかなくなったわ。明るすぎるんだもの」と彼女。

ようやくぼくも、声が出た。「あのね、レスリー。いま思いついたんだけど、なぜかきみを起こしちゃって、たぶんもうきみも眠れないだろうし、この光がなにかもわからない、そこでひとつ、深夜スナックへ出かけないか？」

「気でも狂ったの？」

「いや、正気だよ。いうとおりの意味さ。今夜は、眠っちまうには惜しい。もう二度と、こんな夜はないだろう。きみのダイエットなんか、くそくらえだ。祝おうじゃないか。ホット・ファッジ・サンデーに、アイリッシュ・コーヒーに――」

「変わってるのね。服を着るわ」

「すぐいくよ」

レスリーの住まいは、バリントン・プラザのCビルの十四階だ。ドアのラップを鳴らして、待つ。

待ちながら、べつになんの緊迫感もなく、ぼくは考えていた。どうして、レスリーを選んだんだろう？

この世の見おさめとなる夜には、特定の女の子と過ごす以外にも、方法はあったはずだ。ほかの女の子でもよかったし、不特定の何人かでも――もっともそれは、ぼくにはあてはまらなかったが――さて、どうだろうか？　あるいは、兄貴でも、両親でも――。

いや、マイクをベッドからひっぱりだすには、それだけの理由がいる。「でもマイク、月があんまりきれいだから――」無理だ、おやじとおふくろだって、同じことだろう。いや、充分な理由はあるのだが、いったい信じてもらえるだろうか？

また信じてくれたとして、それがどうなるというんだ？　お通夜によびだすようなものじゃないか。彼らを起こすのはよそう。いまぼくに必要なのは、場ちがいなことをいわずにこの……お別れパーティにつきあってくれる相手なのだ。

やっぱり、レスリーだ。ぼくはもういちどノックした。

彼女は、やっと通れるくらいの細さにドアをあけて、ぼくをいれてくれた。下着のままだった。抱きついてきたとき、片手に持っていた固い不格好なガードルが、ぼくの背中をこすった。

「いまこれをつけるとこだったのよ」

「じゃ、ちょうどまにあったわけだ」彼女の手からガードルをとりあげて、下に落とした。前かがみになって、背中に手をまわし、うんしょとまっすぐ抱きあげると、彼女の足がぼくの足首のあたりにぶらぶらしているのを感じながら寝室へはこんだ。

彼女の皮膚はつめたかった。いままでずっと外にいたらしい。

「わかった！　あなた、ホット・ファッジ・サンデーと太刀打ちできるつもりなのね？」

「もちろんさ。ぼくのプライドにかけても」

ふたりとも、いくらか息を切らしていた。前にいちど、ありきたりな映画式スタイルで、彼女を抱いて運ぼうとしたことがある。そしてあやうく背骨を折るところだった。レスリーは大柄な娘で、背たけもぼくくらいあるし、なにしろヒップが重すぎる。

並んでベッドに倒れこんだ。両脇から手をまわして背中をひっかくと、彼女は抵抗できなくなってしまう。アーハハハハ。彼女の笑い声で、効果的な場所がわかる。彼女はぼくのシャツを肩のあたりまでひっぱりあげて、ぼくの背中をひっかきはじめた。

おたがい、めちゃくちゃに相手の着ているものをひっぱって脱がせ、ベッドの両わきに投げだした。レスリーのからだは、もうすっかりあたたまり、あついくらいだ……。

そう、これだからぼくは、ほかの娘をえらべなかったんだ。彼女に、もっとひっかきかたを教えておけばよかった。今はもう時間がない。

愛をたしかめあうのに、気がせいて困った夜も、いくどかあった。今夜はふたりとも、正規の手順のとおりに、その儀式をはこんだ。ぼくはテンポをおとして、ながつづきさせようとした。レスリーにも、もっと気にいってもらおうとつとめた。それは信じられないほど充分に報いられた。レスリーが、かかとをぼくの膝の裏がわにからませ、太初以来のリズムに身をまかせたとき、月のことも未来のことも、ぼくは忘れていた。

しかし、クライマックスに乗じてよみがえってきたイメージは、なまなましく、おそろしいものだった。彼女とぼくを、青く熱した炎の輪が、ロープをしぼるようにぐるりととりまいていた。その恐怖とエクスタシイとで、ぼくがうめいたとしても、彼女はエクスタシイだけと思ったにちがいないが。

眠たく、無感覚になって、ぴったり肌をつけたまま、ならんで横たわる。約束を反古にして、このまま眠ってしまいたい、そしてレスリーにも眠ってほしい気持だった……だが、そうするかわりに、ぼくは彼女の耳にささやいた。「ホット・ファッジ・サンデー」彼女はにっこりして身動きし、やがてごろりところがって、ベッドからおり立った。

彼女に、ガードルはつけさせなかった。「もう真夜中過ぎだぜ。誰もきみをひっかけようなんてしやしない。不良ならぼくが叩きのめしてやる。いいだろ？　なら、なぜ楽にしないんだ？」彼女は笑って、ぼくのいうとおりにした。ぼくたちは、エレベーターの中で、もういちど固く抱きあった。ガードルのないほうが、ずっといい。

3

カウンターにいる灰色の髪をしたウエイトレスは、陽気にはしゃいでいた。目がかがやいている。まるで秘密を打ちあけるようなしゃべりかただ。「月の光に気がつきました？」

こんな夜中、しかもカリフォルニア大学のすぐ近くだというのに、この店〈シップ〉はかなりの混みようだった。客の半分は学生たちだ。それが今夜は押し殺したような声でしゃべり、時折この二十四時間営業のレストランのグラス・ウォールごしに外をふりかえっている。月はもはや西の空低く、街灯と競いあうほどの高さにかかっていた。

「見たとも」ぼくは答えた。「お祝いしてるのさ。ホット・ファッジ・サンデーふたつ、もってきてくれないか？」そして彼女が背をむけたとき、ぼくは十ドル札を紙のテーブルマットの下にすべりこませた。彼女にそれを使うチャンスはないわけだが、少なくとも、見つけたとき嬉しく思ってくれるだろう。ぼくにしたって、もうその金を使うあてはないのだ。

なんとなくぼんやりした気分だった、数かぎりない問題が、突然ひとりでに解決してしまったのだ。

ヴェトナムとカンボジアに、一夜にして平和が訪れるなどということを、誰が本気で考えただろうか？

この異変は、ここカリフォルニアでは、十一時半にはじまった。その時刻、太陽はアラビア海の上にかかり、周辺のわずかな区域を除けば、アジア、ヨーロッパ、アフリカ、そしてオーストラリアのすべてが、太陽の直射をうけていたはずだ。

すでにドイツはふたたびひとつになり、有名な壁は、衝撃波で融けるか砕け去るかしたことだろう。イスラエル人もアラブ人も武器をおいた。南アフリカの人種差別もなくなった。

そして、ぼくは自由だ。ぼくにとって、これにまさる関心事はない。今夜のぼくは、あらゆる内心の衝動を満足させることができる。盗み、殺し、税金をごまかし、ガラス窓に煉瓦を投げつけ、クレジット・カードを燃やしてしまうこともできる。木曜が締切りの金属の爆圧成型に関する評論のことも忘れられる。今夜のレスリーは、ピルのかわりにシナモン・キャンデーをのませておいたっていいんだ。今夜は――

「タバコ買ってくる」

レスリーはびっくりしたようにぼくの顔を見た。「禁煙したんだと思ってたわ」

「覚えてるだろ。ぼくは、なにか圧倒的な衝動にかられるまで吸わないぞって誓っただけさ。二度と吸わないなんて、とても辛抱できそうになかったんでね」

「だって、まだ二、三カ月じゃないの！」彼女は笑いだした。

「でも、ぼくの書いてる雑誌は、毎号タバコの広告を載せてるんだぜ！」

「そういうことね。いいわ、買ってらっしゃいよ」

ぼくはコインを販売機に入れ、なににしようかと迷ったあげく、フィルターつきのかるいのをえらんだ。本当にタバコがほしかったわけではない。しかし、ことと場合によって、シャンペンがいることも、タバコがいることもあるのだ。銃殺隊を前にして、最後の一服という伝統もあるし……。

火をつける。〈健康のため吸いすぎに注意しましょう〉

憶えているとおりの味だったが、吸殻を口いっぱいつめこんだような、かすかなかび臭さがあとにのこった。三度めに肺いっぱい吸いこんだのが、奇妙に効いた。目の焦点が定まらなくなり、あたりの音がひどく静かになった。のどのあたりに、心臓の鼓動が、いやに高くひびいてくる。

「味はどう?」

「妙だな。頭がクラクラする」と、ぼく。

クラクラするって! まさしくこれは十五年ぶりのことばだ。ハイスクール時代、ぼくらは、そのクラクラ、つまり、脳内の毛細血管の収縮によって生ずる擬似銘酊気分を味わうために、タバコをすった。はじめの二、三回をすぎると、クラクラはもう起こらなくなり、それでもぼくらの多くはすいつづけている……。

火をもみ消した。ウエイトレスが、サンデーを持ってくるところだった。

あつさと冷たさ、甘さとほろ苦さ、ホット・ファッジ・サンデーの味と似たものは、ほかにない。もういちどこいつを味わわずに死ぬとしたら、泣きたいくらいのものだ。が、レスリーにとってのそれは、また、あらゆる富裕な生活を象徴する、あるものなのだった。彼女が食べるのを見ているのは、自分で食べる以上に楽しい。

そういえば……このアイスクリームが来たので、ぼくはタバコを消したのだった。が、今、そのアイスクリームを味わうかわりに、ぼくはアイリッシュ・コーヒーがほしくなっている。

時間がない。

レスリーのカップはもうからっぽだ、彼女は大仰にああと息をついて、おなかをたたいてみせた。

小さなテーブルのひとつにすわっていた客のひとりが、狂気にとりつかれたらしい。

彼がはいってきたのは知っていた。やせた、学究タイプで、短い頬髭を生やし、銀ぶちの眼鏡をかけたその男は、しょっちゅうからだをひねって、外の月を眺めていた。ほかのテーブルの連中と同じく、彼もこのめずらしくも美しい自然現象に心をうばわれているようだった。

そして、狂気がとりついた。彼の表情が疑いから不信へ、そして恐怖へ、それも怯えきったそれへと変わっていくのを、ぼくは見た。

「いこう」と、レスリーにいって、ぼくは二十五セント玉（クォーター）をいくつか、カウンターにおとすと、立ちあがった。

「じぶんのを食べないの？」

「やめた。やることがある。アイリッシュ・コーヒーはどうだい？」

「それと、わたしにピンク・レディもね？　あら、見て！」彼女はくるりとふりかえった。

学者ふうの男は、テーブルの上に立ちあがっていた。あぶなっかしく足をふみしめ、両腕をひろげると、叫びだした。「あの窓の外を見るがいい！」

「そこからおりなさい」ウエイトレスが、夢中で、彼のズボンをひっぱっている。

「世の終わりがやってきた！　海のはるか向こうでは、死と、地獄の炎が――」

だがぼくたちは、もうドアの外へ出て、笑いながら走っていた。レスリーが、息をきらせながら、「ああ、やっと――逃げだせたわね――あそこの暴動から！」

ぼくは、テーブルマットの下においてきた十ドルのことを思いだした。もうあれを見てよろこぶものは、誰もいない。店の中の予言者は、耳をかたむけてくれる相手がいるかぎり、その破滅の御託宣を垂れつづける。灰色の髪、かがやく瞳のウエイトレスは、あの金を見つけたとき、こう思うだけだろう。あのふたりも、知ってたんだわ、と。

〈レッド・バーン〉の店の駐車場では、月はビルの陰になって見えなかった。それに街灯の光が、間接的な月明かりと、そっくり同じ色彩だった。いつもよりいくらか明るく思われるだけのことだった。

どうしたのか、レスリーがふいに、車道のまんなかで立ちどまった。わけがわからなかったが、彼女の視線を追ってふりあおぐと、天頂のすぐ南に、ひどく明るく輝いている星が目にとまった。

「きれいだね」と、ぼく。

彼女は、ひどく奇妙な表情で、ぼくを見つめた。

〈レッド・バーン〉には窓がない。あわい人工照明は、屋外の妙に冷たい光よりもはるかに暗く、黒っぽい板壁と、静かだが陽気そうな客たちの上にともっていた。今夜がほかの夜とちがうことには、誰も気づいていないかのようだ。

火曜の夜らしくまばらな人影は、大部分ピアノ・バーにあつまっていた。客のひとりが、マイクを握っている。ふるえるような弱々しい声で、セミ・ポピュラーの歌をうたってい
る彼に、黒人のピアニストが微笑を送りながら、ねっとりした伴奏をつけていた。

アイリッシュ・コーヒーふたつと、ピンク・レディをひとつ注文した。レスリーのもの問いたげな視線に、ぼくはただ謎めかした微笑でこたえた。

〈レッド・バーン〉では、なにもかも平常どおりの感じだった。ゆっくりくつろげる、幸福なムードだ。ぼくたちはテーブルごしに手をとりあい、そしてぼくは微笑しながら、口をひらくことをおそれていた。ここでなにかうっかり、まずいことをいってしまったら……。


飲みものがとどいた。ぼくはアイリッシュ・コーヒーのグラスの把手をつまんだ。シュガー、アイリッシュ・ウイスキー、そして濃いブラック・コーヒー、その上に、泡立たせたクリームが浮かんでいる。闇と熱と力のこもった強烈な魔法の一服のように、それはぼくの体内をかけめぐった。

テーブルに金をおこうとすると、ウエイトレスが押しとどめた。「あのタートルネックの人、ピアノ・バーの端にいる、わかるでしょう？　あの人が買いきったのよ」おもしろ

がっている声だ。「二時間ほど前にはいってきて、バーテンダーに、百ドル札を渡したの」

　とすると、この幸福感は、そこからくるものだった。ふるまい酒か！　いったいその男が、なにを祝おうとしているのかと、ぼくはそっちに目をやった。

　タートルネックにスポーツ・コートを着こんだ、頸の太い肩幅の広い男だった。大きなグラスを片手に握りしめ、のめりこむように背をまるめている。ピアニストがマイクをさしだしたが、手をふってことわる、そのとき、顔がはっきり見えた。四角ばった、ごつい顔だが、すっかり酔いがまわって、たよりなく、おびえている。恐怖で叫びだす寸前の表情だ。

　これで、彼の祝っているものがわかった。

　レスリーが、顔をしかめた。「だめだわ、このピンク・レディ」

　レスリーの好みのピンク・レディがつくれる店は、世界にひとつしかないし、それもロサンゼルスにはない。ぼくは、だからそういったじゃないかという微笑をみせ、もうひとつのアイリッシュ・コーヒーを彼女のほうに押しやった。無理にすすめた。あの男の恐怖は伝染性のものだ。彼女は微笑み返し、グラスをあげるといった。「青い月光のために」

　ぼくもグラスをあげ、ひと口のんだ。だが、この乾杯は、ぼくがしたくてしたわけじゃない。

タートルネックの男が、ストゥールからすべりおりた。慎重に、ドアのほうへ歩きだす。ゆっくりと、まっすぐに、ドック入りする豪華船のような足どりだ。ドアを大きくあけ、ひらいたままからだの向きを変えると、彼の大きな黒いシルエットをとおして、あやしい青白い光が外から流れこんだ。

イヤな野郎だ。誰かがその意味をさとって真相を叫びだすのを待っているのだ。炎と破滅——

「ドアをしめろ!」誰かがどなった。

「出ようか」ぼくは静かにいった。

「どうしてそんなに急ぐの?」

急ぐだと? やつが自分でいえばいいんだ! でも、ぼくにはいえない……。

レスリーは、手を、ぼくの手にかさねた。

「いいの、わかってるのよ。だって、どうせあれからは、逃げられやしないでしょう?」

心臓がぐっと握りしめられるような感じだった。彼女は知ってたんだ。どうしてそれに気づかなかったのか?

ドアが閉じ、〈レッド・バーン〉は、赤っぽい暗がりの中にとり残された。買いきっていた男は、いってしまった。

「なんてことだ。いつからわかってた?」

「あなたがうちへくる前からよ」と彼女。「でも、たしかめてみようとしたんだけど、うまくいかなかった」

「たしかめるって？」

「バルコニーに出て、望遠鏡を木星に向けてみたの。火星は今のところ、地平線の下にあるのよ。太陽が新星になったとしたら、惑星もみんな月みたいに光りだすんでしょう。そうじゃなくて？」

「そのとおりだ。ちくしょう」自分で思いついて当然のところだった。もっとも、レスリーは天体観測マニアだ。ぼくも少しは天文をかじってはいるが、木星が自分の命にかかわってくるなどとは思いもよらなかった。

「でも、木星は、いつもと同じだったのよ。それで、さっきまで迷ってたの」

「でも、さっき――」炎につつまれる夜明けを、垣間見たような感じだった。やっと、ぼくは思い出した。「あの星、さっき真上にあった。きみが見つけた、あれ」

「木星よ」

「くそッたれのネオンサインみたいに光ってた。つまり、もうおしまいってことだな」

「声が大きいわ」

　大きな声は出していないつもりだった。だが、衝動にかられた一瞬、ぼくはテーブルの上に立ちあがって、叫びだしたくなった！　炎と破滅――この連中に、それを知らずにいる権利があるのか？

レスリーの手が、ぼくの手をギュッと握った。衝動は去った。身震いが残った。「ここから出よう。連中に、いつもの夜明けがくるんだと思わせとこう」

「そうね」レスリーは、ぼくがこれまできいたこともないような、かわいた笑い声をたてた。彼女が外へ出たとき、ぼくは紙入れに手をふれ——その必要がなかったのを思いだした。

かわいそうなレスリー。いつもと変わらぬ木星の光は、まるで執行猶予のように感じられたにちがいない——一時間半たって、その白っぽい光がまぶしい輝きに一変するまでは。一時間半——太陽の光が木星を経由して地球へとどくまでの時間だ。

ぼくがドアから出たとき、レスリーは、ウエストウッドをサンタモニカの方向へ、小走りにかけだしていた。きゅうに気でも狂ったんだろうかと、口の中で呪いのことばを吐きながら、あとを追う。

そのとき、ぼくは、前方のその影を見た。ずうっとサンタモニカ通（ブールヴァード）りの建物の並びにそって、月のおとす影が、黒と青白色の水平な縞模様を描きだしていたのだ。

角のところで、彼女をつかまえた。

月は、沈もうとしている。

月が沈む光景は、いつ見てもすばらしい。今夜のそれは、フリーウェイの下の空間にみえる空から、おそるべき輝きをのぞかせ、信じがたいほど複雑な光と影の交錯を投げかけていた。欠けている部分すら、地球照（アースシャイン）で真珠色の輝きを放っている。

地球の昼側がどうなっているのか、知りたいと思っていたが、その眺めがすべてを物語っていた。

そして、月面上はどんなふうだろう？　アポロ十九号の男たちは、太陽が新星（ノヴァ）となった最初の数分間で死んだにちがいない。月の平原上で、身をかくした岩石も融けだして……それとも、彼らは夜側にいるのだろうか？　ぼくは思いだせなかった。そうだったら、彼らは地球にいるわれわれみんなより長く生きのびることになる。羨望と憎しみが、ぼくの心をつき刺した。

ついで、誇りを感じた。彼らをあそこへ送りとどけたのはわれわれだ。太陽が新星（ノヴァ）となる前に、われわれは月に達した。もうちょっと時間があったら、恒星へも到達できたことだろうに。

沈んでいくにつれて、月の円盤像は、奇妙に形を変えた。半円になり、空飛ぶ円盤のようになり、レンズになり、一線になり……。

消えてしまった。

消えた。そう、それだけのことだ。これでぼくらは、あいつのことを気にしないでいられる。これで、屋外を歩きながらでも、しょっちゅう異変のことを意識していないですむ。

月が沈むと同時に、街じゅうの奇妙な影絵模様も消えていた。

だが、まだ雲だけは、奇妙な輝きを投げていた。日没後の雲が光るのと同じように、今夜の雲は、その西側のふちを鉛色に光らせている。おまけに、おそろしいスピードで空を流れている。まるで逃げだそうとしているかのように……。

レスリーをふりかえったとき、その頰に、大粒の涙が伝いおちているのが見えた。

「おい」と、ぼくは彼女の腕をつかんだ。「泣くな。泣くなよ」

「だめ。いちど泣きだしたらとまらないのは、あなたも知ってるはずよ」

「そういう意味でいったんじゃない。これまでやりたくてやれずにのばしてきたものを、今こそやりたいと思ったのさ。こんな街の角で、泣きながら死にたいのかい？」

「死にたくなんか、ぜんぜんないわ！」

「無理いうな！」

「大きなお世話よ」顔をまっかにして、ゆがめている。もう見栄も体裁もなく、赤ん坊のように、レスリーは泣いていた。ぼくは身がすくむのを覚えた。ついで罪の意識を感じ、それから、新星(ノヴァ)はなにもぼくのせいでないことに気づくと、こんどは腹立たしくなった。

「ぼくだって、死にたくはないさ！」かみつくようにうなった。「逃げ道があるなら、教えてくれればそのとおりにしよう。どこへ行きゃいいんだ？　南極かい？　あそこだって、ここより多少は長く保(も)つだけのことさ。月はもう、昼側ぜんぶがドロドロに熔(と)けてる。火星は？　この異変が終わるころには、火星だって地球と同じように、太陽の一部になってるだろう。ケンタウルス座のα星かい？　必要な加速度だけで、ぼくらはピーナッツバターとゼリーみたいになって、壁一面にひろがっちまう――」

「もうやめて」

「やめてるさ」

「ハワイよ、スタン。二十分もあれば、空港にいける。西へ飛べば、二時間だけかせげるわけよ！　日の出までの時間が、二時間よけいに――」

それも無意味ではなかった。二時間の価値は、なにものにもかえがたい！　しかしそれは、さっきバルコニーから月をにらんでいたとき、ぼくも考えついたことだった。「だめなんだよ。それじゃかえって命をちぢめてしまう。いいかい、月があんなに光りはじめたとき、ここは真夜中だった。それはこのカリフォルニアが、太陽が新星(ノヴァ)になったとき、地球のちょうど裏側にあったということだ」

「そう、そのとおりよ」

「だからわれわれは、衝撃波(ショックウェーヴ)からもっとも遠い場所にいることになる」

彼女は目をパチパチさせた。「よくわからないわ」

「こんなふうに考えてごらん。まず太陽が爆発する。そのため大気や海は、いっせいに、昼側全体で熱せられる。その蒸気と高温の空気は、すみやかに膨張する。炎の衝撃波が、うなりをたてて夜側へ侵入してくる。今もぐんぐん迫ってきているんだ。ロープをしぼるようにね。そいつは、ここより先にハワイへやってくる。ハワイは二時間だけ日没線に近いんだ」

「じゃ、わたしたち、夜明けを見ることもできないのね。それまでも生きていられないのね」

「そうだ」

「お上手に説明してくれるのね」辛辣な口調だった。「炎の衝撃波。絵のようだわ」

「すまない。それについては、考えすぎてるかもしれない。どんなものなのか、はっきりはしないいんだ」

「もういいの」ぼくに寄りそうと、顔をぼくの肩にのせる。彼女は声をたてずに泣いていた。片手で彼女を抱きよせると、もう一方の手で、うなじをなでてやりながら、流れる雲を見あげたが、もう衝撃波がどんなものかなどということは頭になかった。

迫りくる炎の輪のことも考えなかった。

どっちにしろ、ことがそう予想どおりにはこぶとは思えない。

昼側で、大洋が煮えたぎり、その蒸気を主役として衝撃波がスタートするさまを、ぼくは思い浮かべた。ついで、それが横切ってくる数百万平方キロの大洋のことを考えた。ここへ着くまでには、いくらか冷え、湿っているだろう。さらに地球の自転が、バスタブの中の渦巻きのように、それにひねりを与えるだろう。

南北両半球を、たがいに逆回転する、燃えたつ蒸気のハリケーン。そういう形になるだろう。ぼくらは最上の席にいる。カリフォルニアは、北側の台風の目のすぐ近くに位置しているはずだ。

燃えるような蒸気のハリケーン。そいつが、人間をつまみあげ、熱風で料理し、ゆだった肉をひきちぎり、あたりかまわずまきちらす。まさに地獄の惨禍だ。

日の出はとても見られまい。ある意味では残念なことだ。すばらしい見ものだろうに。

雲が太い平行な帯のように、星空をよぎり、街の灯を下面にうけてぐんぐん流れている。

木星が、ふっとかすんで消えた。もうはじまるのだろうか？　熱気流による稲妻がはしった――。

「オーロラだ」とぼく。

「なに？」

「衝撃波は太陽からもやってくる。誰もまだ見たことのないようなオーロラが、光りだすだろうな」

ふいにレスリーが、耳ざわりな笑い声をたてた。「おかしいわ、街角に立って、こんなこと話してるなんて！　スタン、わたしたち、夢でも見てるのかしら？」

「そう思いたいが――」

「そうじゃないの。人類の大部分は、もう死んじゃったにちがいない」

「ああ」

「そして、どこへも逃げ場はない」

「よせよ、ずっと前に、きみが自分で割りだしたことじゃないか。またどうしてそんな話をもちだすんだ？」

「寝かせといてくれたらよかったのに」苦々しげな口調。「あなたがわたしの耳にささやきかけてきたとき、ちょうど眠りこんだばかりだったのよ」

ぼくは答えなかった。彼女のいうとおりなのだ。

「ホット・ファッジ・サンデー」彼女は口まねをしてみせた。ややあって、「でも、本当のところ、わるい考えじゃなかったみたい。ダイエットを破ったのだって」

ぼくは、くすくす笑いだした。

「やめてよ」

「さて、きみのとこへ帰ろう。ぼくのとこでもいい。ひと眠りしなきゃ」

「そうね。でも、眠れないんじゃない？　だめ、それいわないで。睡眠剤をのんで眠ったって、五時間後には、悲鳴をあげて目をさます羽目になるのよ。起きてるほうが、まだしもだわ。少なくとも、どうなっていくか見ていられるし」

だが、あるだけのんじまったら……しかしぼくは、黙っていることにした。ただひとこと、「じゃ、ピクニックにでもいくか？」

「どこへ？」

「海岸だ、たぶんね。どこだっていいじゃないか？　途中で考えよう」

4

マーケットは全部閉まっていた。しかし、〈レッド・バーン〉のとなりの酒屋（リカー・ストア）は、数年来ぼくのいきつけだった。そこで買いこんだのは、フォワグラ、クラッカー、冷やしたシャンペン二本、六種類のチーズ、それにうんざりするほどのナッツ類――あらゆる種類をひとつずつ――べつの種類のクラッカー、氷ひと袋、冷凍のルマキ・オードヴル、二十五ドルもする年代ものブランデー五分の一、それにあわせて、レスリーのためのチェリー・ヒアリング五分の一、ビール六パックにビター・オレンジ……。

それらをそっくり、店内の小さなカートにつみあげるあいだに、雨が降りだした。店の正面をかざっている大きな板ガラスを、大粒の雨がバタバタとたたきつける。建物の角で風がうなる。

店のおやじは、いつもに似ず、奇妙に威勢がよかった。彼もひと晩じゅう月を眺めていた口らしい。「こんどは、雨ときやがった！」品物を袋につめながら、大きな声をだす。小柄だが、腕と肩に肉のついた、がっしりした感じの年寄りである。「カリフォルニアで、こんな降りかたってないね。だいたい降るとしたら、しっとりとまっすぐ落ちてこなきゃ。あのガラス、ちゃんとするにゃ、何日もかかりまさあ」

「そうだね」小切手を切りながら、罪の意識を感じた。長いつきあいだから、信用してくれている。むろん小切手は立派なものだ。預金の裏づけもちゃんとある。だが、銀行がひらく前に、こいつは灰になってしまうし、だいたい世界じゅうの銀行そのものが、太陽の熱で煮えたぎっていることだろう。でも、ぼくのせいってわけじゃない。

袋をカートにつみあげると、彼は入口のところまでついてきた。「小やみになったら、急いで運びましょうや。いいかね？」ぼくはとびらに手をかけて身がまえた。雨は、誰かがバケツの水を窓にぶちまけたみたいだった。ふと、それがとぎれたが、水はまだガラスの上を滝のように流れている。「今だ！」おやじの叫び声に、つきはなすようにドアをあけ、外へとびだす。気がふれたようにワアワア笑いながら、自動車にたどりついた。荒れくるう風が、水しぶきをまきあげ、横なぐりにたたきつけてくる。

「いいときを選んだよ。この雨で、あたしがなにを思いだしたかわかるかね？　カンサスでさ」と、おやじ。「それも、龍巻の最中のね」

とつぜん、小石の雨が降りそそぎだした！　ぼくらは悲鳴をあげて身をちぢめ、自動車

の車体はビリビリと鳴りだした。ロックしてないドアをひっつかむと、レスリーとおやじを中にひきずりこんだ。いたむ頭をなでながら外に目をやると、白っぽいつぶが、いたるところにはねかえっている。

　おやじが、自分の首すじから、白いつぶをつまみだし、レスリーの手にのせた。彼女はびっくりしたように小さく声をあげて、ぼくに渡す。そいつは冷たかった。

「雹だね」と、おやじ。「ますますわけがわからん」

　ぼくも同じ思いだった。わかるのは、それが新星となにか関係があるということだけだ。が、どんな関係なのか？　またどうして？

「あたしゃ、店にもどるよ」おやじがいった。雹は、束のまのどしゃ降りで降りつくしたらしい。彼は、うんとひとつ気合をいれると、海兵隊の突撃よろしく外へとびだした。それが彼を見た最後だ。

　空では雲が沸きかえっていた。形をなしたりまた消えたり、見たこともないほどの速さでたがいにすれちがったり——その下面が、街の灯に映えている。

「新星にちがいないわ」レスリーが、身ぶるいしながらいった。

「でも、どうして？　衝撃波がやってきたんだったら、ぼくらはもう死んでる——少なくとも、耳が聞こえなくなってるはずだ。どうして雹が？」

「どうだっていいじゃないの。スタン、もう時間がないのよ」

ぼくも身震いして、気をとりなおした。「よしわかった。いま、いちばんきみがやりたいことは？」

「野球が見たいわ」

「午前二時だぜ」と、ぼく。

「やれることは、あんまりないわけね？」

「そうだな。バーも閉まってる。芝居もだめだし、ロードショウ映画も。あとなにがある？」

「宝石店のウインドウが見たいわ」

「本気かい？　地上最後の夜に？」

彼女は、ちょっと考えこみ、そして答えた。「ええ」

なんてこった、彼女は本気なのだ。これ以上馬鹿馬鹿しいことなど、ぼくにはとても思いつけない。「ウエストウッドにしようか、ビヴァリー・ヒルズにしようか」

「両方とも」

「でも、これから――」

「じゃ、ビヴァリー・ヒルズにするわ」

雨と雹がこもごも降りそそぐ即席の暴風雨（テンペスト）――その中を、ぼくらは自動車（くるま）をとばした。

〈ティファニー〉のショウルームから半ブロックのところにパークする。

歩道は水たまりの連続だった。頭上のビルのあらゆる階層から、雨だれのしずくがふりかかってくる。レスリーがいった。「すばらしいわ。半ダースもの宝石店が、足で歩きまわれる範囲にあるなんて」

「ドライヴするだけかと思ったよ」

「いいえ、それじゃだめ。正しいやりかたとはいえないわ。ウインドウ・ショッピングというのは、歩いてするものよ。それがルールのひとつなのよ」

「しかし、この雨だぜ！」

「肺炎にかかって死ぬ心配はないわ。時間がないのよ」ひどく不気味な口調で、彼女がいった。

宝石店の〈ティファニー〉は、ビヴァリー・ヒルズに小さな支店を出しているが、夜間はなにも高価なものは並べていない。みごとなオモチャがいくつか、それだけだった。

ぼくらはロデオ通り（ドライヴ）へ道を折れ——そこで大穴を掘りあてた。〈ティボー〉のウインドウには、無限と思われるほどのみごとな指輪が、凝ったつくりのや現代的なのや、大きいのや小さいのや、あらゆる種類の宝石や貴石で飾られて並んでいた。道路をわたると、〈ヴァン クリーフ＆アーペル〉が、ブローチや、エレガントな男ものの腕時計や、時計のついたブレスレットを展示しており、しかもウインドウのひとつはそっくりダイアモンドばかりだった。

「まあきれい」まばゆく光るダイアに心をうばわれたように、レスリーは吐息をついた。

「昼間はどんなふうにみえるでしょうね！……あら――」

「かまわない。いい考えだよ。想像してごらん。朝が来て、さしこむ新星の光にウインドウが粉みじんになり、その光をうけて、これがいっせいに輝きだすんだ。ひとつほしいかい？　ネックレスにしようか？」

「ほんと？　うそ、うそ、冗談よ！　よしなさい、おバカさん。ガラスの中に警報装置があるわ」

「でもね、いまから朝まで、誰もこれを身につけることはできないんだぜ。よさそうなのをもらって、なにが悪いんだ？」

「逮捕されるわ！」

「ウインドウ・ショッピングしたいといったのは、きみだぜ」

「最後の夜を、留置場で過ごしたくないわ。でも、自動車をここへもってくれば、少しは――」

「――逃げるチャンスがある。そうだ。どうせ自動車をまわさなくちゃ――」しかし、ここまででふたりとも気力が尽き、たがいに支えあってよろめきながら、その場を離れるよりほかなかった。

ロデオ通りには、たっぷり半ダースの宝石店がある。ほかにもいろいろなものがあった。おもちゃ、本、シャツとネクタイ、いずれも奇妙で前衛的なやつだ。〈フランシス・オール〉には、新しい一セント玉のいっぱいつまった大きなプラスティックの立方体があった。そのさきには、見たこともないような時計がふたつ並んでいた。本当にその気になれば、ウインドウをこわしてなんでも手にいれることができると思うと、ウインドウ・ショッピングにも、また特別な興奮（キック）がある。

手をとりあい、腕をふりながら歩いた。歩道には、ぼくらのほか誰もいない。狂ったようなお天気に、みんな逃げてしまったのだ。雲はまだ頭上で沸きたっている。

「もう少し早く、わかってたらよかったのに」レスリーが、とつぜんいった。「一日じゅう、プログラムのミスをなおしてたのよ。もう、あれをかけることもないのに」

「そのかわりに、なにをしたかったの？　野球見物？」

「そうね、ちがうわ。そんなこと、もうどうでもいい」眉をひそめるようにして、ウインドウのドレスを見つめながら、

「あなただったら、なにをしてた？」

「〈ブルー・スフィア〉へいってカクテルでものんでたよ」ぼくは即座にいった。「トップレスの店でね。よくいったものさ。今じゃ、オール・ヌードになってるって話だ」

「そういう場所へ、いったことないのよ。何時までやってるの？」

「だめだよ。もう二時半だ」

レスリーは、おもしろそうに、ウインドウの中の巨大な縫いぐるみの動物を眺めていた。

「時間があったら、殺してやりたい相手は、なかったの?」

「そうだな。ニューヨークに住んでる、ぼくのエージェントを知ってるかい」

「どうして、彼を?」

「おやおや、文筆家に、なぜエージェントを殺したいかと、おたずねになる? 理由はね、ぼくの原稿の上にほかの原稿をおいて、なくしたこと。十パーセント上前をはねた上に、やっと残った九十パーセントも、恨みがましそうに、支払いを遅らせたこと。それから――」

とつぜん、風がうなり、こっちに迫ってきた。レスリーの指さすまま、ぼくらは〈グッチ〉の店に通じるドアウェイめがけて走った。ウインドウのガラスにからだを押しつけるように身をちぢめる。

その風をも押しつぶすように、大きなおはじきほどもある雹が降りだした。どこかでガラスがくだけ、警報装置が風の音に抗して弱々しくはかない声をあげはじめた。この風がはこんできたのは、雹だけではなかった! ほんものの石ころもまじっていたにちがいない!

海水のにおいと味を、ぼくは感じた。

〈グッチ〉の店の前の、やけに広い場所に、ぼくらはからだをよせあっていた。ぼくは、新語をひねりだして、どなった。「ノヴァ天気だ！　いったいこれは——」だが、自分の声も聞こえず、レスリーにいたっては、ぼくが叫んでいることにすら気がつかないほどだった。

ノヴァ天気。それがどうしてこんなに早くやってきたのだろう？　極地帯を通ってきたにしても、衝撃波は、六千五百キロの距離を通過しなければならなかったはずだ——少なくとも五時間の道のりである。

いや、そうじゃない。衝撃波は、音のスピードが地表より速い成層圏をとおり、そこから下へ伝わってくるのだ。三時間もあれば充分だろう。それにしても、こんなに風が吹きだしたのはどういうわけだろうと、ぼくは考えた。地球の向こう側の面では、太陽の爆発が大気層を引きさき、宇宙空間へほうりだした。その衝撃波が、巨大な一発の雷鳴となって襲ってこなければならないはずだ。

ちょっと風が小やみになったとき、ぼくはレスリーをひっぱって、歩道を走った。風がぶりかえしたとき、べつのドアウェイをみつけてやりすごした。さっき鳴りだした警報装置にこたえて、サイレンの音が近づいてくるような気がした。

つぎの風の合間に、ぼくらはウィルシャイア通りをつっ走って、自動車にたどりついた。そこで息をはずませながら、エンジンのあたたまるのを待った。靴の感触が、濡れたぼろきれみたいだ。ぐしょ濡れの衣類は、皮膚にべったりとはりついている。

レスリーが叫んだ。「あと時間どのくらいあるの？」

「わかるもんか！　もう少しくらいあるだろう」

「ピクニックは、うちの中でしたほうがよさそうね！」

「きみんとこか、ぼくんとこか？　きみんとこにしよう」といって、ぼくは自動車を出した。

5

ウイルシャイア通りは、ところどころホイールキャップをひたすほどの洪水だった。雹とみぞれの吹き降りが、今はもう安定したどしゃ降りの雨に変わっていた。前方には霧が、腰くらいの低さにひらたく立ちこめ、エンジン・フードの上で渦となってくだけ、後方に沸きかえる航跡を残す。ぞっとするような天気だ。

ノヴァ天気である。焼けるような過熱蒸気の衝撃波はなくてすんだ。そのかわり、純粋な高温の風が成層圏で吹き荒れ、その擾乱の渦が、地上に奇怪な暴風雨をまき起こしているのだ。

アパートの駐車場の上階に不法駐車した。下層は、ちょっと見ただけで、水がいっぱいなのがわかった。トランクをあけ、重い紙袋をふたつかかえあげる。

「ふたりとも狂ってるみたい」レスリーがそういって首をふった。「そんなに食べきれやしないわ」

「とにかく運ばなくちゃ」

彼女は、嘲笑うように、「でも、なぜ？」

「ただの気まぐれさ。運ぶの手伝ってくれないか」

それぞれふた抱えもある荷物を、ふたりで十四階まで運んだ。だが、まだトランクには、あとふたつほど残っている。「放っとけばいいわ」と、レスリー。「ルマキと飲みものとナッツは運んだし。もっと要るっていうの？」

「チーズと、クラッカーと、フォワグラが残ってる」

「放っとくのよ」

「だめだ」

「あなた、変よ」ゆっくりした説明口調で、ぼくに理解させようとする。「今、おりていく途中でむし焼きになるかもしれないのよ！　もう時間は、二、三分しかないかもしれない。なのに、一週間ぶんもの食料が要るっていうのね。どういうわけ？」

「今はいいたくない」

ドアを閉めた。

「じゃいけばいいわ！」彼女は、すごい力で、ガシャンと音をたててドアを閉めた。

エレベーターは、ひとつの試練だった。レスリーのいうとおりかもしれない、と、ぼくは迷いつづけた。この建物の中心部では、風の叫びもくぐもっている。もう今にもどこかで、送電線が切れるかもしれず、そうなったら、真暗な箱の中に閉じこめられてしまう。しかし、無事に下へ着いた。

上階駐車場も、もう膝の高さまで水がきていた。

さらに驚いたことに、その水はなまあたたかく、風呂の残り湯のようで、その中をわけていくのは気分がわるかった。湯気が水面に渦をまき、それから、亡者の叫びのような咆哮をこのコンクリートの屋内に反響させている風に、吹きさらわれていく。

昇りがまたもうひとつの試練だった。ぼくの考えは、はかない望みにすぎないのではないか。いまにも高温蒸気の風が襲ってくるのではないか……自分がとんでもない間抜けのような気がする……だが、エレベーターのドアはちゃんと開いたし、照明は、またたきすらしなかった。

レスリーが、中にいれてくれない。

「あっちへいって！」ドアをロックしたまま、彼女はどなった。

「どこかほかへいって、そのチーズとクラッカーを食べてりゃいいんだわ！」

「べつのデートでもあるのか？」

これは失敗だった。彼女は、返事もしなくなった。

彼女の観点も、およそ見当はつく。もういちど下へいって余分の荷物をとってきたって、たいした意味はない。なのに、どうしてそんなことをするのか？　どっちにしろ、愛の営みが、あとどれだけ続けられるのか？　いいところ一時間かそこらだろう。なぜそんなはかないものをさきにのばして、あんないいあいをしなければならなかったのか？

「こんなものが惜しかったんじゃないんだ」ドアをとおして彼女に声がとどくことを祈りながら、ぼくは叫んだ。向こう側では、風の音は、ここの三倍も高いだろう。「一週間ぶんの食料が、必要かもしれないんだよ！　それと、隠れ場所が！」

沈黙。このドアが蹴やぶれるだろうかと、ぼくは考えはじめていた。それとも、このホールで待ったほうがいいのだろうか？　いずれは彼女も――。

ドアがひらいた。レスリーの顔は、まっさおだった。「そんな、残酷だわ」低い声だった。

「まだ確信があるわけじゃない。もっと黙ってるつもりだったのに、きみがしゃべらせたんだ。ぼくはずっと、太陽は本当に爆発したのかどうか、疑ってたんだよ」

「ひどすぎるわ。やっと慣れかけてたというのに」ドアの柱を、じっと見つめた。疲れている、彼女は疲れているのだ。なにしろ、いままで眠っていないんだから……。

「聞いてくれ。なにもかもおかしいんだよ」と、ぼくはいった。「当然、オーロラが、北極から南極までずっと、夜空を輝かせるはずだった。太陽の爆発にともなう粒子の波が、光よりわずかにおそいスピードで、大気へとびこんできて、そいつが――そうだ、あらゆるビルの屋上に、青い炎がもえ立つのが、ぼくらにも見えたはずなんだ！

それに、嵐のやってくるのもおそすぎた」雷鳴に負けまいと、ぼくは声を張りあげた。「新星（ノヴァ）なら、惑星の大気の半分を、もぎとって吹っとばしてしまう。衝撃波が夜の側へまわってきたら、そのひびきで、世界じゅうのあらゆるガラスは、瞬時にくだけてしまう！コンクリートや大理石も砕ける――なのに、レスリー、そういうことは、ひとつも起こらなかった。それで、ふしぎに思いはじめたんだ」

彼女が、つぶやくようにいった。「で、なんなの？」

「フレアだと思う。最大規模の――」

告発するような口調で、彼女は叫んだ。

「フレアですって！　太陽面爆発（ソーラー・フレア）！　じゃ、あなたは、太陽が――」

「だから大丈夫――」

「――月や惑星を、あんなに光らせるほど明るくなって、それから、なにもなかったみたいにもとにもどるっていうの！　そんな、バカみたいな――」

「中にはいっていいかね？」

びっくりしたように、彼女はぼくの顔を見つめた。それからわきへからだをずらせ、ぼくは身をかがめて袋をかかえあげると、室内にはいった。

バルコニーに面するガラスのドアが、巨人族の手で殴られているかのように、鳴りつづけていた。隙間からしみこんだ雨が、敷物の上に、黒ずんだ水たまりをつくっている。

ぼくは袋を、キッチンのカウンターにのせた。冷蔵庫にパンがあるのをみつけ、ふた切れトースターにいれた。焼けるまでに、フォワグラをひらいた。

「望遠鏡がなくなっちゃった」彼女がいった。そのとおりだった。バルコニーには、三脚だけが、横倒しになっていた。

ぼくはシャンペンの口のワイアをほどいた。トーストがはねあがり、レスリーはナイフをもってきて、ふた切れともフォワグラを塗りつけた。ぼくはシャンペンを彼女の耳もとへもっていき、条件反射を起こさせようとした。

コルクがポンとはじけると、彼女はたしかに、ちょっとのあいだだが、微笑みをうかべた。

「ここでピクニックにしましょうよ。この、カウンターのうしろでね。いずれ風が、ドアをこわして、このあたりいちめんにガラスの雨を降らせることになるわ」

いい考えだ。ぼくは、仕切りをまわって、床やソファーからクッションをぜんぶひっさらうと、カウンターへもちこんだ。そこに、ふたりで、ねぐらをつくった。

ちょっとした居心地だった。キッチンのカウンターは、高さ一メートル、ちょうどすわりこんだぼくらの頭の高さで、その中のキッチンそのものは、ちょうど肘をゆったりまわせるくらいの広さだ。床はクッションで蔽われてしまった。レスリーは、シャンペンをブランデー・グラスに、縁すれすれまで注いだ。

　ぼくは乾杯の口実を考えたが、気のめいる予想ばかりがさきに立った。結局ふたりとも乾杯なしで、ひと口すすった。それから、そうっとグラスをおろし、その腕を前に出して、交叉させた。そのまま顔をつきあわせ、ななめにもたれあった姿勢で、どうにか腰をおろした。

「わたしたち、死ぬのね」と彼女。

「たぶんそうはならないよ」

「慣れなきゃだめよ、わたしみたいに。じぶんを見てごらんなさい。ピリピリしてるわ。死ぬのがこわいからよ。でも、いい夜だったと思わない？」

「ユニークな夜ではあったな。もう少し早くわかって、きみを夕食（ディナー）に連れていけるとよかったのに」

　たてつづけに六つ、はじけるような雷鳴がとどろいた。空襲で、爆弾が落ちたような音だ。

「わたしも」音がおさまったとき、彼女がいった。

「昼間のうちにわかってたらな」

「くるみプラリーヌよ！」

「ファーマー・マーケットのだ。ピーナッツのダブル・ロースト。もし時間があったら、きみは誰を殺してた？」

「わたしのクラブに、ひとり、女の子がいたんだけど――」

――自分とライヴァル関係だったから、とレスリーはいうのだった。ぼくは、しょっちゅう気のかわる編集者の名をあげた。レスリーが、ぼくのガールフレンドの名前を出し、ぼくは知っている唯一の彼女の昔のボーイフレンドの名をもちだし、おもしろ半分に種がつきるまでつづけた。兄貴のマイクは、いちどぼくの誕生日を忘れやがった。鬼のようなやつだ。

照明がチラチラとまたたき、またもとにもどった。

ひどく何気ない口調で、レスリーがたずねた。「あなた、本当に、太陽がもとどおりになると思ってるの？」

「なってほしいね。そうでなきゃ、ぼくらはどうしたって死んじまう。いま木星が見られるといいんだがな」

「ちゃんと答えなさい！　あれは、フレアだったと思うの？」

「そうだ」

「なぜ？」

「黄色の矮星は、新星にならない」

「でも、うちのが特別だとしたら？」

「新星の研究は、かなり進んでるんだ」と、ぼくはいった。「きみの考える以上にね。現在の天文学は、何カ月も前にそれを予測できる。太陽は、G0型の黄色矮星だ。新星には絶対にならない。それにはまず、主系列からはみださなきゃならないし、それだって何百万年もかかる」

彼女は、ぼくの背中を、こぶしでそっとつついた。頬をよせあっていたので、彼女の表情はわからなかった。「信じたくないわ。とても信じられないのよ。スタン、こんなことが起こるのは、はじめてでしょう。どうしてそれがわかるの？」

「はじめてってわけでもない」

「なんですって？　まさか。そんなの聞いたことないわ」

「最初の月着陸のことは知ってるだろ？　オルドリンとアームストロングの？」

「もちろんよ。わたし、月着陸にかこつけたアールのパーティで、ずっとテレビ見てたんだから」

「彼らは、月でもっとも大きな平坦地をえらんで着陸した。そこから数時間ぶんのお粗末なテレビ画像を送ってよこし、きれいな写真をいっぱいとり、いたるところに足跡をきざみつけた。それから、ひとつかみの岩石をとって、もどってきた。

覚えてるかい？　その石の研究には、長い時間がかかるという話だった。だが、まず誰にでもわかったのは、それに、融けかかったあとがあるということだった。

過去のあるとき、それも、たぶん十万年かそこら前のことさ。そういう痕跡を残すものはほかにはない——太陽フレアがあったんだ。地球上にまで痕をのこすほどは、長つづきしなかった。しかし月には、大気の防護膜がない。どの石ころも、片面だけが融けていたんだ」

室内は暖かく、湿っていた。ぼくは上衣を脱いだ。雨を吸って重くなっている。そのポケットから、タバコとマッチをひっぱりだして、火をつけ、レスリーの耳をよけて煙を吐きだした。

「覚えてるわ。でも、こんなひどいことはなかったはずよ」

「なんともいえないな。もし太平洋上で起こったとしたら？　これほどの災害にはならなかったかもしれない。アメリカ大陸の上で起こったとしても同じさ。何種類もの植物や動物を根絶やしにし、大きな山火事をおこしたかもしれないが、誰にそれがわかる？　そのときは、太陽はもとどおりになった。こんどもたぶんそうだろう。太陽はもともと、約四パーセントの変光星なんだ。たぶん、ときによっては、その変動がいくらか大きくなるだけかもしれない」

寝室で、なにかのこわれる音がした。窓だろうか？　湿った空気が肌に感じられ、嵐の叫びが高まった。

「じゃ、生きのびられるわけね」レスリーが、ためらいがちにいった。

「いちばん肝腎なことに気がついたね。さあ、乾杯！」ぼくは自分のグラスを見つけて、大きくひと口のんだ。もう朝の三時を過ぎ、暴風は依然として戸口を叩きつづけていた。

「それで、なにもしないの？」

「やってるじゃないか」

「なにか、山の上へ逃げるというようなこと！　スタン、洪水になるのよ！」

「あたりまえさ。でも、この高さまではあがってこない。十四階だからね。ちゃんとそのことも考慮したんだぜ。この建物は耐震設計だ。きみ自身そういってたね。こいつをこわすのは、ハリケーンくらいじゃ無理だよ。

山へ逃げるとして、どこがある？　道路はもう水びたしだし、今夜じゅうに遠くまではいけない。たとえば、サンタモニカ丘陵だが、あそこへいって、どうなる？　土砂くずれ、それだけさ。あのあたりは、こんな事態に対処できるようにはできていない。フレアは、ひと海ぶんの水を蒸発させただろう。これからは、雨が、四十日と四十夜、降りつづくんだ！　ね、ここが、今夜のうちに到達できる、いちばん安全な場所なんだよ」

「極の氷が融けたとしたら？」

「そうだな……しかしそうなっても、この高さなら大丈夫だろう。おい、ノアの洪水を起こしたのは、この前のフレアだったかもしれないぞ。そいつがまた起こったんだ。今はもうまちがいなく、地球上のあらゆる場所が、台風の中心になってる。さっきいったふたつの反対向きに渦巻く大きなハリケーンが、もう何百もの小さな暴風に分裂して――」

ガラスの戸が、内側にはじけた。身をかがめたぼくらの上で、風がうなり、雨とガラスの破片がふりかかってきた。

「少なくとも、食糧はある！」と、ぼくは叫んだ。「洪水で、ここに島流しになっても、食いつなぐことができるんだ！」

「でも、停電になったら、お料理ができなくなるわ！　それに冷蔵庫も――」

「料理できるものはぜんぶ料理しとこう。卵はみんな固ゆでに――」

風が吹きつけてきた。ぼくは口をつぐんだ。

なま暖かい雨が、横ざまに降りかかり、ぼくらをびしょぬれにした。暴風の中で料理をする？　なんという間抜けさ。どうしてこれまでぐずぐずしていたのか。いまやろうとしたら、風がひっくりかえした熱湯をあびることになるだろう。それとも、煮えたぎった油の――。

レスリーがさけんだ。「オーヴンを使わなくちゃ！」

そのとおりだ。オーヴンなら、たぶんひっくりかえらずにすむ。

温度を二百度にあわせ、卵を鍋の水にひたしてその中にいれた。冷蔵庫の肉をぜんぶひっぱりだして、いため鍋に押しこんだ。ふたつの朝鮮あざみを、もうひとつの鍋にいれた。ほかの野菜は、生のままでも食べられる。

ほかになにかすることはないか？　ぼくは頭をめぐらせた。

水だ。電気が来なくなれば、水が出なくなるし、電話も通じないだろう。ぼくは流しの上の蛇口をひねって、あらゆるものに水をいれはじめた。蓋のついた鍋ぜんぶ、パーティ用に使う三十人用パーコレーター、洗濯桶など。彼女はぼくの気が変になったと思ったにちがいない。だが、水源を雨にたよるわけにはいかなかった。制御できないからだ。

それから音響。もうぼくらは、暴風にまけずにどなりあうのをあきらめている。こんな音が四十日四十夜つづいたら、ふたりとも耳が聞こえなくなってしまうだろう。綿がいいだろうか？　だが、とてもバスルームまではいけない。ペーパータオルだ！　そいつを破ってまるめ、耳につめる栓を四つこしらえた。

手洗いは？　レスリーのためには、とくに考えておかなければならない。これまで水洗がつまったときには、バルコニーがあった。

さらに、もし洪水が十四階をこえたとしても、屋上がある。このビルは二十階だ。もしそれより高くなるとしたら、それでも生きのびる人間は、ほとんどないだろう。

だが、もしこれが新星だったら？

ぼくは、レスリーを、さらに強く抱きしめ、片手でタバコをつけた。もし新星だったら、あらゆる計画は無駄になる。しかし、とにかく乗りかかった船だ。望みがないからというだけで、計画を放棄することはできない。

それに、もしハリケーンが高温の蒸気に変じたとしても、やはりバルコニーがある。いっきにとびだして手すりをこえるほうが、生きながら釜ゆでになるよりはましだろう。

しかし今は、そのことを口にするときじゃない。

どっちにしろ、彼女もそのことには、自分で気づいていたことだろう。


明かりは、午前四時に消えた。もしまたついたときの用心に、ぼくはオーヴンを消した。一時間かそこらおいて冷やしてから、その中の食品をぜんぶ袋になるものにつめこむのだ。

レスリーは、ぼくの腕にからだをあずけたまま、眠っている。どうしてこんなに無心に眠れるのだろうか？　クッションをうしろに積んで、からだをもたせかけてやる。

それからしばらくぼくも横になって、タバコをくゆらせながら、稲妻が天井に影を投げるのを見ていた。ふたりでフォワグラをすっかり、それからシャンペンを一本かたづけていた。ブランデーをあけようかと思ったが、残念ながらそれは見合わせることにした。

長い時間が過ぎた。そのあいだなにを思いめぐらしていたか、はっきりしない。眠りはしなかったが、明らかに頭が鈍っていた。稲妻の合間に、天井がだんだん灰色になってくるのだけが、意識にのぼっていた。

気をとりなおして寝返りをうつと、からだがぐっしょり濡れていた。なにもかも、びしょぬれなのだ。

自分の時計をみると、九時半だった。

仕切りをまわって、居間へ這いだした。嵐の音のことは、かなり前から気にならなくなっていたので、あたたかい雨をいきなり顔にぶつけられて、やっとそのことを思いだした。ハリケーンは、まだつづいている。しかし、墨のような雲をとおして、灰色の明かりがみえた。

やっぱりそうだった。ブランデーをがまんしたのは正しかった。洪水、嵐、太陽の強烈な輻射(ふくしゃ)、フレアによる火事――それらによる損害が、ぼくの予想どおりだったら、お金(かね)にはもうなんの値打ちもない。必要なのは、交易用の品物だ。

腹が減っていた。ぼくは卵二個とベーコンをすこし――まだ温かかった――を食べ、残りの食糧の貯蔵にとりかかった。たぶん、一週間ぶんくらいの食物はある……しかし、栄養のバランスのとれたものとはいえない。たぶん、ほかの部屋の住人と、交換ができるだろう。なにしろ大きな建物だ。空き部屋もあるだろうから、そこへ侵入して、缶詰スープなどをあさることもできる。もし水がかなりのぼってきているようなら、下の階からの避難者の面倒も見なければなるまいし……。

ちくしょう! 新星(ノヴァ)のほうが、まだよかったかもしれない。昨夜の生活設計は、単純そのものだった。今になってみると……医薬品はあるのか？　この建物に、医者が住んでいるだろうか？　赤痢その他の疫病が流行するかもしれない。そして、飢えだ。この近くにスーパーマーケットがあった。この建物の中で、潜水具が見つかるだろうか？

だがとりあえず、少し眠ることにした。建物内の探索は、あとからでもまにあう。灰色の陽が、少し明るくなったようだ。これから、なにもかも、ひどいことになっていくだろう。ぼくは、地球の向こう側を襲った太陽放射のことを考え、そしてふと思った。ぼくらの子孫は、ヨーロッパや、アジアや、アフリカに、植民できるだろうか、と。

ホール・マン

小隅 黎◎訳

The Hole Man

いつかある日、火星は消滅する。

アンドルー・リアによると、その過程は、激しい地震ではじまり、数時間ないし数日後に、ふいに終わるだろうという。知っていて当然だ。ぜんぶ彼の過失なのだから。

リアはまた、ここ数年ないし数世紀のあいだは、それが起こらないだろうという。だからぼくらはまだここに残っている。リアも含めたぼくらが、この異星人の基地を調査し、得られるかぎりの知識をあつめている。そのあいだも、ぼくらの立っているこの世界の中心部はゆっくりと食われている。こいつは、大の男に悪夢を見させるのに充分だ。

異星人の基地を見つけたのはリアだった。

ぼくらは、火星に到着したばかりだった。ぼくら十四人、パーシヴァル・ローウェル号の球根形をしたせまくるしい生命維持装置につめこまれてだ。まだ時間をかけて軌道上をまわりながら、地図を修正し、三十年にわたるマリナーの探測が見おとしたものはないかと、さがしているところだった。

とりあえず、いまは、マスコンの地図をつくっていた。月の海の下などにみられるこの質量集中部分(マス・コンセントレーション)のほとんどは、大型の小惑星によるものである。山のような岩塊が、音もなく空から落ちてきて、核融合爆弾の数千倍のエネルギーを叩きつける。火星は四十億年のあいだ、その小惑星帯をつっきって運行していた。火星には、もっと大きいみごとなマスコンがあるだろう。それが船の軌道に影響を及ぼすはずだった。

で、アンドルー・リアは、船が火星をまわっているあいだ、夢中で、グラフ用紙の上をなぞっていくペンの動きを見まもる仕事にかかりきっていた。ちょっとした機械装置が、パーシヴァル・ローウェル号と同じ落下状態をたもちながら回転をつづけている。その薄い殻の中には、うそみたいに簡単な、錘(おもり)のついた二重レバー系が仕込まれている。フォワード式質量探知機だ。何本かのペンが、かすかにふるえながら、あとをしるしていく。

〈シルボンの沼〉の上空で、そいつが、奇妙なカーヴをえがきはじめた。

ほかの人間だったら、ぶつくさつぶやいて修正してしまうところだ。が、アンドルー・リアは、しばし頭をかしげて考えたすえ、合図を送って、自由落下状態(フリーフォール)にあるその小さな装置の回転をとめた。

回転をつづけさせておかなければ、動かない質量は記録されない。

だが、まだそれは、単純な正弦波形（サインウェーヴ）を描きつづけている。

リアは、チルドレイ船長のところへかけつけた。

かけつけた？　いや、それはむしろ空中ぶらんこの曲芸に似ていた。手すりをつかみ、床をけってからだを移動させ、両の手足でブレーキをかける。自由落下状態のとき、急いで動くのはむずかしいし、だいたいリアは四十歳の天体物理学者であって、運動選手というがらじゃない。操縦区画にたどりついたとき、彼はすっかり息をきらしていた。

チルドレイ——彼はかつて体操の選手だった——は、リアの呼吸が静まるのを、多少侮蔑的な微笑を浮かべながら、じっと待った。

彼には、リアの頭が少々おかしいという先入観があった。リアが報告したことも、その信念を裏づけただけだった。「重力波通信だって？　おいおい、そんな怪しげな思いつきで、わたしの邪魔をするのはよしてもらえないかね。わたしは忙しいんだ。みんな忙しいんだから」

あながち不当な扱いとばかりはいえない。リアの熱中癖たるや、ときには異常なほどだった。重力発生機だの、ブラックホールだの。恒星が人工の殻で蔽（おお）われたダイソン球（スフィア）をさがす必要性を、彼は強調していた。質量と慣性は別ものだから、宇宙船の慣性をとりのぞくことができ、そうすれば数分で光速にまで加速できると、彼は信じていた。純真な夢想家で、度を失うと、たちまち話の核心から彷いでていってしまうのだった。

「あんたにはわからんのだ」彼はチルドレイにいった。「重力波の放射は、電磁波よりずっと遮蔽されにくい。パターン化された重力波は容易に検出できる。銀河系内の進んだ文明は、ぜんぶ重力波で交信しているかもしれない。パルサー——回転する中性子星——を変調しているやつがあるかもしれない。オズマ計画の失敗はそのせいだ。電磁波のスペクトルによる信号しかさがさなかったからだ」

チルドレイは笑いだした。「なるほどね。中性子星で通信を送ってくるわけか。で、それがわれわれとどんな関係がある？」

「まあ見てくれ」リアは、装置から破りとってきた、薄っぺらな、ほとんど重さのない紙テープをつきだした。「〈シルボンの沼〉の上でこうなったんだ。あそこへ着陸すべきだと思う」

「知ってのとおり、着陸地点は〈キンメリウム海〉だ。着陸船はもう組み立てを終わって、いつでも乗りこめる。リア博士、わたしたちは四日がかりで、その区域の地図をつくった。あそこは平坦で、緑と茶に色がわりする地域の中にある。来月、春がきたら、あそこに生命があるかどうかがわかるんだ！　あんた以外は、みんなそのつもりなんだぜ！」

リアはまだ、グラフ用紙を、楯のようにかざしていた。「たのむ。もういちどだけ、〈シルボンの沼〉の上をまわってくれ」

チルドレイはもう一周することを承知した。正弦波形（サインウェーヴ）で納得したのかどうかはわからない。たぶんそうではなかろうか。リアの馬鹿さかげんを見せつけるため、彼のせいでみんながいやな思いをするようにとたくらんだのかもしれない。

しかし、つぎの通過で、〈シルボンの沼〉に小さな円形のものが見つかった。そしてリアの探知機は、またもや正弦波形（サインウェーヴ）を描いたのである。

異星人の姿はなかった。はじめの数カ月、ぼくらは今にも彼らがもどってくるのではないかと思いつづけていた。その基地の機械装置は、まるでその居住者がちょっと外へ出ていったところみたいに、スムーズに、そして完璧に作動していた。

その基地は、パイ皿をさかさにしたようなかたちの二階建てで、窓がなかった。中の空気は呼吸可能だった。地球の海抜五千メートルあたりと同じで、わずかに酸素が多い。火星の大気はもっとずっと薄く、有毒である。火星人のものでないことは明らかだ。

壁は厚く、かなり浸蝕をうけていた。内圧に対抗するため内側に傾いている。屋根はいくらか薄く、重さは内圧でちょうど支えられるほどだ。壁も屋根も、火星の塵を融かしてかためたものだった。

暖房設備はまだ動いていた――それが照明をもかねている。天井のグリッドが、赤煉瓦色に光っているのだ。屋内の温度は十度ほど暑すぎた。消すスイッチを見つけるのに、ほとんど一週間もかかった。錠のかかったパネルのうしろにあったからだ。ファンをいじくって調節するまで、空調設備のすごい風が基地内をかけめぐっていた。

遺棄されたものからだけでも、彼らについて多くのことが推測できた。彼らは赤色矮星のすぐ近くをめぐる、地球より小さな惑星からやってきたにちがいない。主星に近くて暖かいその惑星は、潮汐作用で固定され、つねに一面を主星に向けてまわっていたに相違ない。その惑星の明るい側、永遠の昼がつづき、夜半球との境界をこえてくる風がいつも吹きつける中で、進化したものにちがいない。

そして彼らには、プライバシーの観念がなかったようだ。通路でドアのついているのは、エアロックのところだけだった。二階の床は六角形の金属格子だ。これでは下の階からもまる見えである。寝室は大きく、壁から壁まで水銀をいれたウォーター・ベッドで占められていた。ほかの部屋はどれも小さく、取りちらかっており、入口のすぐそばに家具や機械類があるため、はじめのうちぼくらはしょっちゅう肘や脛をぶつけていた。天井の高さは一、二階とも二メートルに二、三センチ足りないといったところで、ふつうに直立しても大丈夫とは知りながら、どうしても前かがみになりがちだった。習慣ってやつだ。しかし、リアだけは、基地内のどこにいても、まっすぐ立ったら頭をぶつけるだけの身長があった。

彼らは人間より小さかったのだろうと、ぼくらは考えた。しかしそこにある安楽椅子は、サイズもかたちも人間にぴったりだった。たぶん違うのは背丈でなく、考えかたのほうなのだ。心理的に、肘をのばすゆとりを必要としない種族だったのだろう。

船の旅はひどかった。そして今はこれだ。基地内は、即席の閉所恐怖症病棟みたいになった。一触即発の気分だ。

それに堪えられないものがふたりいた。

リアとチルドレイが、同じ惑星の出身だとは、とても思えない。

チルドレイ船長にとって、整頓は一種の強迫観念だった。全員が辟易するほどにだ。パーシヴァル・ローウェル号にのっていた何カ月ものあいだ、ぼくらに美容体操を強制したのは彼だった。なにがあろうとさぼることは許されなかった。しまいにはみんな逃げだすことをあきらめてしまった。

たいへんいいことだった。その体操のおかげで、みんな生きていられたのだ。ぼくらには、一Gの重力下で室内を歩きまわるといった日常の運動が欠けていたからだ。

しかし、火星に降り立ってから一カ月もすると、異星人基地の暑さのせいで、きちんと服を着ているのは、チルドレイひとりになってしまった。それをみんなに対する無言の叱責ととっているものもあったが、たぶんそうだったろう。というのは、最初にシャツを着るのをやめてしまったのが、リアだったからだ。食事のさい、チルドレイは必ず自分の食器に水滴がついていないかどうかしらべ、それからきちんと平行に置きなおすのだった。

アンドルー・リアの習癖も、地球上でなら、そういう性格というだけですんだはずだ。急ぐと左右ちがった靴下をはきかねない。なにかに夢中になると、皿洗い機を二、三日つけっぱなしにしかねない。家の中を、いかにも〝人が住んでいる〟ようにしておくのが好きなのだ。彼の書斎を掃除しようとするメイドを、神よ救いたまえ。掃除されたが最後、彼はなにがどこにあるかまったくわからなくなってしまったことだろう。

怜悧(れいり)だが、偏った男なのだ。背負いジェットやスキンダイヴィングをやったら、少しは変わっていたろう——そういったスポーツは、どんなささいな事項も忘れないことを習慣づけてくれる——しかしそんなものは、彼のお呼びじゃなかった。火星の探険に、彼はおりるわけにいかなかったから参加した。悲劇だ。宇宙空間では、整頓こそが、生きる道だったからである。

宇宙服の〝フライ〟をあけっぱなしにしておいてはならない。

着陸から一カ月後、チルドレイは、ちょうどそれを犯しているリアをつかまえた。

宇宙服の〝フライ〟とは、男性自身を包むやわらかいゴム管だ。その先に袋がつき、スプリング式の留め金がある。用をたすには、そのスプリングをあければよい。それを閉めたあと、外側の栓をひらいて、袋の内容を真空に放出するわけだ。

女性用の器具はカテーテルのついたもので、おそろしく使いごこちが悪い。もっと工夫が必要だろうと思う。人類の半数を、究極的なその前途から閉めだすのはまちがいだ。

リアは長い散歩に出るのが病みつきのようになっていた。火星の砂漠の眺めが好きなのだった。きつい菫(すみれ)色の空、ふんわり渦巻きぼやけるオレンジ色の塵、間近にくっきりみえる地平線、果てしない空虚さ。それに、かけがえのないのが身辺の広さだ。異星人の通信機ととっくんでいるかぎり、天井は低くて頭をあげられず、天井以外のあらゆるものは骨ばった肘を動かすじゃまになるといったありさまだったのだから。

その散歩からもどったとき、チルドレイが出かけるのとぶつかった。チルドレイは、リアの宇宙服の排泄栓が、スプリングがこわれてあけっぱなしになっているのに気づいた。リアは何時間も外を歩いてきたのだった。もし、途中でやろうとしたら、真空で肉がはじけ、出血多量で死んでいたかもしれない。

そこでチルドレイがなんといったのか、ぜんぶは知るよしもない。しかしリアは、はいってきたとき、耳までまっかになり、口の中でぶつぶつつぶやいていた。誰ともことばをかわそうとはしなかった。

ＮＡＳＡの心理学者は、このふたりをいっしょに小さな惑星へ配置してはならなかったはずだ。あと知恵というのはすばらしい。そうではないか？　しかし、リアもチルドレイも、それぞれの分野で、航行を生きのびるに必要な健康を持ちあわせたものの中では最高の人材だった。才能名声ともにリアに匹敵する天体物理学者はほかにもいたが、みんな何十歳も年上だった。チルドレイは宇宙飛行一千時間の記録を誇っていた。月着陸時代の最後の英雄たちのひとりであった。

個別的には、ぼくらの誰もが、得られる最高の人間だった。まったくひどい話だ。

基地内のほかのものと同じく、通信機にも動力がはいっていた。四方へふんばるようにささえている支柱からも、その身の毛もよだつほどの重量が推測できた。なにかをいれた巨大なタンクで、それをおさめるために、天井がそこだけいくらか上へふくらんでいた。おかげでリアも、その前後左右一メートルほどの範囲では、まともに立っていることができた。

どうしてこれを異星人が二階においたのかは、リアにもわからなかった。一階からはおろか、惑星の図体をつきぬけてでも通信できるのだ。そのことは、彼の研究が必要なだけ進んだとき、ためしてみてわかった。リアは、火星そのものをとおして、向こうがわにいるパーシヴァル・ローウェル号の船内の質量探知機に向け、トンツーのメッセージを送ったのである。

それより前にリアは、質量探知機をその通信機とならべ、振動防止用に設計されたおそろしく複雑な台の上に設置していた。探知機の描きだす波形の鋭さで、まるで通信機から出る重力波が、からだに直接感じられるような気分になったものさえあった。

リアはこのしろものに夢中だった。

ときどき食事をぬいた。食べるときは、飢えた狼のようないきおいだった。「あの中には、重い質点があるんだ」口に食物をつめこんだまま彼は語った。着陸から二カ月ほどたったころである。「あの機械がそいつを電磁場で、高速振動させる。ほら――」ツナ・ペーストのチューブをつまみあげると、前にかざし、ぶるぶる振ってみせる。異星人の食堂の、ジグザグにつながった共用テーブルのまわりから、みんな顔を向けた。「これで重力波ができる。だがこのチューブはがらが大きいばかりだから、波といっても、強度は事実上ゼロに等しい。あの機械の中には、おそろしい密度と質量をもったなにかがはいっている。そいつを支えておくには、とてつもない莫大な強さの場が必要だ」

「そいつはなんだい？」誰かがたずねた。「ニュートロニウムか？　中性子星の中心部みたいな？」

リアは首をふって、もうひと口ほおばった。「ニュートロニウムは、その大きさじゃ不安定なんだ。たぶん量子ブラックホールだろうと思う。まだその質量をどうやれば測定できるか、わからんのだが」

ぼくが口をだした。「量子ブラックホールだって？」

リアはうれしそうにうなずいた。「そうとも。ぼくが火星探険に反対だったことは知ってるね？　小惑星帯を調査すれば、同じ費用で、ずっと多くのものが手にはいる。なによりも、量子ブラックホールがもしあるとすれば、そこで見つかるはずだった。だがそいつが、もうここで手にはいったんだ！」頭上を気にしながら彼は立ちあがると、食器を返し、仕事にもどっていった。

ジグザグのテーブルごしに、みんな顔を見合わせたことはおぼえている。そのあといろいろな話が出た……が、その内容まではおぼえがない。

リアが排泄栓をあけっぱなしにしていた翌日、チルドレイは彼にある拘束を課した。同伴者なしで外へ出てはいけないというのである。

散歩の孤独は、リアにとってなにものにもかえがたいものだった。しかし、ことはさらに重大だった。チルドレイは彼に、同伴適格者のリストを渡した。リアが自分や他人に危険なことをしないよう見張っていられるとチルドレイが判断した六人の男だ。当然その誰もが、宇宙で生きのびる行動規範を徹底的にたたきこまれた連中で、チルドレイと同じく否応なしの整頓癖にとりつかれ、リアのやりかたにはまったく共感をもたない手合いである。リアにとっては、まるでチルドレイ自身を散歩にさそうようなものだ。

それ以後、彼はほとんど外へ出なくなってしまった。彼のいる場所は、もうただひとつしかなかった。

彼の真下に立って、格子の床ごしに、ぼくは見上げていた。

彼は重力波通信機を蔽っている防護パネルをはずし終えたところだった。中から現われたものは、ある点ではコンピュータの一部のようにみえるが、だいたいのところは電磁コイルによく似ており、異星人のタイプライターとおぼしいボタンの四角い列があった。リアは電磁誘導センサーを使って、絶縁をはがさずに配線をたどろうとしていた。

ぼくは声をかけた。「ぐあいはどうだい？」

「うまくないね」彼は答えた。「絶縁は百パーセント完璧なようだ。こいつをあけるのがおそろしくなってきたよ。これだけのシールドが必要だとすると、いったいどれだけのパワーが流れているのか見当もつかない」ぼくを見おろしてほほえんだ。「いいものを見せてあげようか」

「なんだい？」

彼はくすんだ灰色の円盤から出ているボタンのようなものを指ではじいた。「こいつがマイクロフォンさ。それがわかるまでに、ずいぶんかかったね。もしもし、わたしはアンドルー・リア、誰かきいてますか」そういってスイッチを切ると、となりの質量探知機から紙を破りとり、スムーズな正弦波形（サインウエーヴ）の途中にきざまれたぎざぎざの図形をみせた。「これだ。ぼくの声が重力波放射されたのさ。これは宇宙の果てまでいっても消えない」

「リア、あんたはその中に、量子ブラックホールがあるっていったね。量子ブラックホールってなんだい？」

「うむ。きみは、ブラックホールについては知ってるな？」

「もちろん」船で暮らした数ヵ月のあいだ、リアはそれについて、たっぷりときかせてくれたものだ。

あまり大きくない恒星が核燃料を使いきると、つぶれて白色矮星になる。もっと重い恒星——そう、太陽の一・四四倍からそれ以上——は、燃料が尽きるまで燃えたあと、自己崩壊を起こして、直径十キロメートルくらいの、端から端まで中性子ばかりのひとかたまりになる。この宇宙でもっとも密度の大きな物質だ。

しかし巨大恒星は、もっとさきへ進む。うんと重い星がその過程をたどると……そのときには、内部のガス圧や輻射圧も、星自身のおそるべき重力に対して外層をささえきれず……果てしなく自己の内部に落ちこんでいき、ついには重力がほかのあらゆるものを圧倒して、シュワルツシルト半径をこえて収縮し、結局この宇宙から離れてしまう。そのあとどうなるかは、求めようがない。シュワルツシルト半径は、なにものも、光すらものぼってくることのできない重力井戸の境界なのだ。

そこで星はなくなってしまう。だが、質量は残る。光なき空間の穴、それはほかの宇宙への通路であるかもしれない。

「縮潰（しゅくかい）した恒星はブラックホールを残す」とリア。「銀河系全体が縮潰すれば、もっと大きなブラックホールができるだろう。だが、現在では、ブラックホールのできかたは、これだけしかない」

「というと？」

「ある時期には、あらゆるサイズのブラックホールが形成され得たことがあるんだ。膨張宇宙がはじまる〝大爆誕(ビッグ・バン)〟のときさ。その爆発の力で、局所的な物質の小さな渦が、シュワルツシルト半径をこえて圧縮された。そこでできたもの――とにかく、中でもとくに小さいやつ――を、量子ブラックホールというんだ」

特徴のある笑い声がしたと思うと、チルドレイ船長が姿をみせた。通信機のかげになって、リアからは見えず、ぼくにも足音はきこえなかった。彼がよびかけた。「そいつの大きさはどのくらいなんだ？　つまみあげて、あんたに投げつけられるくらいかね？」

「あんたのほうがのみこまれちまうだろうよ」きびしい口調で、リアは答えた。「地球ほどの質量をもったブラックホールは、さしわたし一センチかそこらだ。いや、いま話していたのは、十のマイナス五乗センチメートルくらいからのやつさ。太陽の中にも、ひとつくらいあるかも――」

「うひょう！」

リアは必死だった。からかわれるのは不愉快だが、どうすればとめられるか見当がつかない。まじめに話をつづけるのが上策ではないということも、それもわかっていなかった。

「そう、質量十の十七乗グラム、直径十のマイナス十一乗センチくらいかな。それだと、一日に数個の原子をのみこむことになる」

リアはひとりうなずいて、ますますきまじめになった。「小惑星の内部にも、量子ブラックホールがあるかもしれん。小型の小惑星でも、とくに量子ブラックホールが帯電していれば、容易にとらえることができる。ご存じのとおり、ブラックホールは、電気を帯びる場合が――」

「な、なあるほど」

「小型の小惑星を質量探知機でチェックしていくだけでいい。もし質量が予想より大きかったら、そいつをわきへ押しやれば、ブラックホールはあとに残される」

「そんなちっぽけなものを見つけるには、よほどちっぽけな目が要るだろうな。で、いったいそいつをどうするんだい？」

「もし帯電していなかったら帯電させて、電磁場で操作するんだ、振動させれば重力波放射をつくりだせる。この中にも、ひとつあるはずなんだ」異星人の通信機をたたいてみせながら、彼はいった。

「な、なあるほど」とチルドレイはいって、大笑いしながらいってしまった。

一週間のうちに、基地の全員が、リアのことを〝ホール・マン〟とよぶようになった。頭の中にブラックホールのある〝穴男〟というわけだ。

リアの話をきいていたときには、なにもおかしな点はないように思えた。宇宙の無限の多様性ってやつだ……だが、チルドレイが、「リアのなんでも箱のブラックホールが」といった調子で話すと、なんともいえずこっけいにきこえるのだった。

ひとつ、心にとめておいてほしいが、チルドレイは、リアのいったことを、なにひとつ理解しそこねていたわけではない。チルドレイは馬鹿ではなかった。リアの頭がおかしいと思っていただけのことだ。教養のある人間らしくもなく、リアをからかうのをやめることができず、自分のやっていることが正確にわかっていなかったのである。

そうするあいだにも、作業は進んでいった。

近くに火星塵のたまりがあった。これは実におどろくべき物質で、ひどくこまかいため、ヴィスコース・オイルのように流動する。深さは膝までくらいで、そこを徒渉するのは危険ではなかったが、ひどく疲れる仕事なので、誰も踏みこもうとはしなかった。ある日、ブレースが、そのたまりのこちらの岸からわけいり、塵の下をさぐりはじめた。なにかあるぞ、と彼はいった。そしてなにか、腐蝕したプラスティック容器のようなものをひっぱりだした。異星人はそこを、ごみ捨て場に使っていたのだ。

そいつの基底をなす物質の化学分析は、遅々としてはかどらなかった。事実上、破壊不能の物質だったのだ。異星からの訪問者自身の化学組成については、もっと研究が進んでいた。椅子や共用ベッドの上に、痕跡が残されていたからだ。そこから、ほとんどあらゆる種類の原形質のもとになる化合物がみつかったが、アースヴェイによると、DNAの存在を示す徴候はなかった。驚くことはない、遺伝の暗号（コード）を伝えることは、ほかの巨大分子でもできるのだ、と彼はいった。

異星人はまた、数多くの記録を残していた。もちろん、文字は謎であったが、写真や図から得たものは大きかった。その多くが、人類学上の記録だった！

この異星人は、第一氷河期のころ、地球を研究していたのだ。

隊員の中に人類学者がひとりもいないのは、じつに残念だった。これがなにか新しい発見なのかどうかは知るよしもない。ただできるのは、写真をとって、船に電送してやることだけだ。ひとつだけ確かなことがあった。異星人は、はるか昔にここを去っていったが、照明や空調装置は動かしたまま、そして通信機は搬送波を出しつづけたまま、おいていったのだ。

ぼくらのためにか？　ほかに誰が考えられるだろう？

そのほかにもうひとつ、この基地は約六十万年前に、いちどスイッチが切られたが、ローウェル号の火星接近をなんらかの方法で探知して、復活したのだという解釈もできる。リアはそれには反対だった。「もしこの通信機のスイッチが切れたら、中の質点が残っているはずはない。それをささえておく力場をつくっておかなければならないんだ。なにしろ原子より小さいんだからね。固体の中でもどこでも、すりぬけていっちまうだろうよ」

だから、基地の動力システムは、ずっと働きつづけていたというわけだ。そのシステムとは、いったいどんなものだろう？　そして、どこにあるのだろうか？　ケーブルをたどってみて、そのいくつかは基地の下、数メートルの厚みにわたって火星の塵が熔岩に融けこんでいるその下へ、もぐりこんでいることがわかった。それ以上掘ってみる気にはなれなかった。

動力源は、おそらく地球物理学的なものだろう。惑星の核までとどく深い穴だ。異星人はまず、核のサンプルをとるために、そういう穴を掘ったのだろう。それから、核と地表の温度差を利用する動力発生機を据えつけたのにちがいない。

そうこうするあいだにも、リアは通信機の動力源をつきとめることに、かなりの時間を費やしていた。やがて彼は、搬送波をとめる方法をみつけだした。いまや機械の中の質点――あるとすればだが――は、静止していた。質量探知機が、あの顕著な正弦波形でなく、まっすぐな線を描いているのを見るのは、へんなものだった。

こういった成果をフルに利用するには、なにぶん装備が貧弱すぎた。ぼくらは火星探険の準備をしてきたのであって、ほかの星系の文明にぶつかることなど考えてもいなかった。リアだけが例外だった。彼はその本領を発揮していたが、ただひとつ、その幸福をそこなうものがあった。

最後のいいあいがどんなものだったかはわからない。ぼくは別のプロジェクトに従事していたからだ。

火星着陸船(ランダー)にはまだ燃料があった。NASAは、着陸地点をさがすあいだ浮かんでいられるように、たっぷり燃料をいれておいてくれたのだ。なんどか激論のすえ、ぼくらは着陸船を近くにある火星塵のたまりのそばに低出力で浮かべてみることに同意した。

それは大成功だった。塵は、巨大なわた雲となって舞いあがり、地平線をさして飛び去った。そのあとの底に残されたのは、山のような異星のがらくただった。いや、それ以上のものが！　アースヴェイが金切り声をあげて、ブレースに後退するようにいった。幸いブレースは落ちついていた。彼は船を一方に傾け、大きなカーヴをえがいて遠ざかるようにした。噴射炎は底の骸骨にまったく触れずにすんだ。

細心の注意をはらいながら、数時間にわたってその場で働いた。こんな局面に必要な技術は誰も持ちあわせていなかったが、考古学者の慎重さについては本で読んでいたし、とにかく最善をつくした。わずかな水分のせいで、塵が長いあいだに自然のセメントと化しているところがあり、そこでは骸骨が岩にくっついていた。それでも、二体だけは完全なものが手にはいった。それらを運搬台にのせて持ち帰ったが、ひとつはエアロックに空気が吹きこんだとたん、ばらばらにくずれてしまった。で、もうひとつは外においておくことにした。

　この異星人には入浴の習慣がなかったらしい。ぼくらは、異星人がなにかわけのわからない儀式をおこなっていたと思われる一室に、丈の高いバスタブをおいていた。ぼくは疲れ果てて、宇宙服を脱ぐと、先客のないことを祈りながらその風呂場へ向かった。

　姿が目につく前に、声がきこえた。

　リアが、どなっている。

　チルドレイの声は静かだったが、とげがあった。嘲笑を含んだ声だ。通信機をささえる支柱のあいだに立っている。両手を腰にあて、白い歯をむきだし、頭をうしろにのけぞらせるようにしてリアを見上げている。

　その声がやんだ。ちょっとのあいだ、どちらも動かなかった。ついで、リアが、うんざりしたようにつぶやいて、くるりとからだをまわすと、異星人のタイプライターのキイボードと思われるあたりのボタンを押した。

　チルドレイは、びっくりしたようにみえた。ぴしゃりと右の腿にあてて離した手に、べっとりと血がついている。それを見つめ、ついでリアを見上げて、なにか訊ねようとした。

　それから、低重力の中で、ゆっくりとくずおれていった。床にぶつかる直前に、ぼくが抱きとめた。ズボンを引きさき、傷口をハンカチでしばった。小さな傷だったが、そこから上の鼠蹊部にかけて、筋肉がひきつれているのがわかった。

　チルドレイはなにかいおうとした。目が大きくひらいた。咳きこむと、口の中に血があふれた。

　ぼくは凍りついたように動けなかった。なにが起こったのかわからないのに、なにができるだろう？　彼の右肩に血がにじむのを見て、シャツをひきさくと、もうひとつ、小さな傷が現われた。

　医者がやってきた。

　チルドレイが死ぬまでに、一時間かかったが、医者はそのずっと前に見放していた。肩と腿の傷をつなぎ、肺と胃と腸の一部をつらぬく線にそって、チルドレイは体内の組織がはじけていたのである。検屍解剖の結果、腰骨に小さいきれいな穴があいていることがわかった。

　さがしまわったあげく、ぼくらが見つけだしたのは、通信機の直下の床にあいた小さな穴だった。鉛筆の芯くらいの太さで、その中には塵がつまっていた。

「ぼくのミスだ」査問が開かれたとき、リアは語った。「あのボタンにふれちゃいけなかったんだ。あれで、質点をささえている場のスイッチが切れたのにちがいない。で、それは落下した。その下に、チルドレイ船長がいたというわけだ」

　それが彼をまっすぐにつきぬけながら、彼の質量を食ったのだ。

「いや。正確にはそうじゃない」とリア。「ぼくの推測だが、あの質量は十の十四乗グラムくらいだ。とすると、直径は、十のマイナス六乗オングストローム、原子よりずっと小さい。吸収はたいしたことはない。チルドレイを殺したのは、その質量が通りぬけたときの潮汐作用なんだ。床の物質が粉になって穴につまっていたね」

殺人の動機については、当然すぎるくらいのものがあった。

リアは肩をすくめ、首をふった。「なんによる殺人だい？　あの中にブラックホールがあるなんて、チルドレイは信じてもいなかった。あんたたちも、似たようなもんだ」唐突に、にやりと笑った。「裁判がどんなものになるか、考えてみろよ。検事が陪審団に、この次第に関する自分の考えを説明するところを想像するんだ。それにはまず、ブラックホールについて話さなきゃならない。つぎに量子ブラックホール。それから、兇器が発見できない理由、それが火星の中をつきぬけて動きまわっていることを、説明しなくちゃならないんだぜ！　そこへいくまでに、笑いとばされて法廷からおん出されずにすんだとしても、その上さらに、原子よりも小さなそんなものがどうして人を殺せるのかということを、説明しなくちゃならないんだ！」

しかし、リア博士自身は、その危険を知らなかったのか？　その動きなどから、巨大な質量をもっていることを予測できなかったというのか？

リアは両手をひろげた。「紳士諸君、ぼくらが問題にしているのは、単なる質量ではなく、もっとずっと不可思議なもの、たとえば、場の強度なのだ。あれをささえる力の強さから、質量を推測することはできるだろうが、異星人がそのダイアルに、メートル法で目盛りをつけているなどと考える馬鹿がいるだろうかね？」

力場のスイッチが偶然切れたりしないための安全装置がついていたことは、まちがいあるまい。リアは、それをはずしてしまったのだ。

「ああ、たぶん偶然そうなっちまったんだろうな。どう動くのか見つけようと、ずいぶんいじくりまわしたから」

それでおしまいだった。裁判が成立するみこみはない。並の裁判官や陪審団に、検事側の話を理解させることなど、できっこないからだ。このまま明るみに出ずに終わる事実も、二、三あることだろう。

たとえば、チルドレイの最後のことばだ。たずねられたとしても、ぼくはそれをうちあけるべきかどうかわからない。そのことばは、つぎのとおりだ。「よろしい、見せてみろ！　もし見せられないなら、そんなものは存在しないってことを認めるんだな！」


査問がおひらきになったあと、ぼくは声をひそめてリアに話しかけた。「こいつはたぶん、殺人史上でいちばんユニークな兇器だろうね」

彼はささやきかえした。「それを公開の席で口にしたら、名誉毀損で訴えることもできるぜ」

「へえ？　ほんとうか？　ぼくがほのめかしたことの内容を、あんたは陪審団に説明できるつもりかい？」

「いや、まあ今回は見のがしておくよ」

「まてよ、あんたのほうはまだ、無罪放免ってわけじゃないんだぜ。これからなにを研究するつもりだ？　宇宙でただひとつ手にいれたブラックホールだったのに、あんたはそれを指のあいだからこぼしちまったんだからな」

リアは眉をひそめた。「きみのいうとおりだ。とにかく、一面の真実ではあるな。しかし、ここまで解明が進んだ以上、あとは同じ道をいくだけさ。つまり……ぼくはあの中のものの振動をとめたあと、装置全体の質量を、質量探知機で測った。いま、ブラックホールは、もうあの中にはない。通信機の質量を測ればブラックホールの質量が得られる」

「ああそうか」

「それから、あの機械を切りひらけば、中がどうなってるかがわかる。どうやって操作したのかもね。ちぇっ、ぼくがいま六つの子供だったらなあ」

「え？　どうして？」

「いや……おしまいまで見とどけたいんだよ。数学など、あてにはならん。数年後か、数世紀後かわからないが、地球と木星のあいだにブラックホールができる。こいつは大きいから研究は容易だ。まあ、あと四十年といったところかな」

そのことばの意味に気づいたとき、ぼくは笑ったらいいのか叫んだらいいのかわからなかった。

「リア、まさか、あんな小さなものが、火星をのみこんでしまうなんて！」

「いや、あいつは近くへくるものをなんでものみこんでしまうんだよ。そのことを忘れちゃいけない。ここで原子核ひとつ、あそこで電子をひとつ……それも、原子がぶつかってくるのを待ってるだけじゃない。おそろしいほどの重力をもってるんだ。そいつが惑星の中を、いったりきたりしながら、物体をたいらげているわけさ。食えば食うほど大きくなり、体積は質量の三乗に比例してふえる。おそかれ早かれ、そう、あいつは火星をのみこんでしまうんだ。そのときには、直径一ミリメートル弱くらいに成長しているだろう。肉眼でみえるくらいの大きさだ」

「十三カ月以内に、そいつが起こる可能性はあるだろうか？」

「ぼくらがここを離れる前にかい？　ふうむ」リアは、ずっと遠くを眺めるような目つきをした。「そんなことはないと思うよ。計算してみる必要があるけどね。数学なんて、頼りにはならんが……」

終末も遠くない

伊藤典夫◎訳

Not Long Before the End

剣士と魔法使いの闘いがあった。昔々のことである。

当時、こうした闘いは珍しくなかった。剣士と魔法使いのあいだには、猫と小鳥もしくは鼠と人間のあいだにあるような対立意識がごくふつうに存在していた。たいていは剣士が負け、人類の平均知能はわずかながら上昇した。剣士が勝つこともあり、この場合にも種は改善された。へっぽこ剣士のひとりやふたり倒せぬ魔法使いに、魔法使いの資格はなかったからである。

しかしこの闘いは、ほかの闘いとは異なっていた。一方には魔力を秘めた剣があり、対する魔法使いは、ある大いなる怖るべき真理を知っていた。

彼を〈魔術師〉と呼ぶことにしよう。彼の名前は忘れられているし、いずれにせよ発音はできない。両親はそのあたりをちゃんと心得ていた。彼の名を知ったものは、彼を意のままに操ることができる。しかし意のままに操るには、まずその名を口でとなえねばならないのだ。

〈魔術師〉が前述の怖るべき真理を発見したのは、中年になってからだった。そのころには、彼はひろく世界を旅していた。すきこのんでしたわけではない。これは要するに、彼が並はずれた魔法使いだったからであり、魔法を使ったからであり、友人を必要としたからである。

彼は、人びとが魔法使いを愛するようになる呪文をたくさん知っていた。〈魔術師〉はこれらを試してみたが、副作用が気にいらなかった。だから彼が偉大な力を公然と使うのは、周囲のものたちを助けるときだけにかぎられていた。そうすれば、彼らが自発的に愛してくれるようになると思ったからだ。

発見のきっかけは、こんなできごとからだった。ある土地に十年ないし十五年とどまり、興のおもむくままに魔法を使っていると、その力が弱まってくるのである。別の土地に移れば、それが戻ってくる。それまでに二度引越しの必要が生じ、彼は二度新しい土地におちついて、新しい習慣を学び、新しい友をつくった。やがて三たび、それがおこり、彼は引越しの準備にかかった。そのとき、ひとつの疑問が心にうかんだ。

なぜ魔力というものは、かくも理不尽に彼のなかから流れ去ってゆくのか？

それは国家的な規模でもおこっていた。歴史をふりかえるとき、もっとも魔法の豊かであった国だけが、剣や棍棒をたずさえた蛮族に蹂躙(じゅうりん)されている。それは悲しむべき事実であり、考えるのもいやなことだった。だが〈魔術師〉の好奇心は強かった。

彼はあれこれ思いめぐらし、ある種の実験を行なうため、しばらくとどまることにした。最後の実験は、金属の円盤を中空で回転させる単純な運動学的魔法だった。それが終わったとき、彼は終生忘れることのできぬひとつの真理に到達していた。

そして〈魔術師〉はその地を離れた。続く数十年間に、彼は何回も何回も土地を変えた。歳月は、肉体にはさほどでもなかったが彼の性格を変え、彼の魔法は、派手ではなくなったが、より安定したものとなった。大いなる怖るべき真理を掌中にしたのに、彼がそれをいちども口外しなかったのは、ひとえに憐れみのせいだった。その真理は、文明の終焉を告げていたが、だれに教えたとしても、どうするすべもない知識だったのである。

少なくとも、彼にはそう思えた。ところが、それから五十年後（BC一二〇〇〇年代のあるときと考えていただきたい）、彼はふと、どのような真理もいつか、どこかで役だつことがあるのではないかと思いはじめた。そこで円盤をもう一枚つくると、それに呪文をかけ、（ちょうど最後の数字ひとつを残して、ダイアルをまわしきった電話のように）必要なときすぐ使えるようにセットした。

剣の名は、グリランドリーという。それは、すでに数百年の時を閲(けみ)した、なかなか有名な剣だった。

ところで剣士のほうだが、彼の名前はべつに秘密ではない。正式には、ベルハップ・サトルストーン・ワールデス・アグ・マイラクロート・ルー・コノンソン。友人たち——つきあいはいつも長くない——は、彼をハップと呼んでいた。いうまでもなく、彼は野蛮人だった。文明人ならグリランドリーに手を出すほど愚かではないし、眠っている女を刺し殺すような非道な行ないはしないものだ。だからこそ、ハップは剣を自分のものにしたのだが、その逆もいえないことはない。

〈魔術師〉は、じかにこの眼で確かめるはるか以前から気づいていた。警報が発せられたとき、彼は丘の地中深くにくりぬいた洞窟のなかで、魔術にいそしんでいた。髪が逆立ち、首筋のあたりがむずがゆい。「お客だ」と彼はいった。

「なんにも聞こえないわよ」とシャーラはいったが、その声は不安げだった。シャーラは〈魔術師〉と同棲している村娘だった。その日、彼女は〈魔術師〉を説きふせて、簡単な呪文をいくつか教えてもらっていたのである。

「首筋の毛が逆立つのを感じないか？　そうなるように警報をセットしておいたんだ。ちょっと調べてみよう……」彼は、銀のフラフープを地面に立てたような感応器をのぞいた。

「トラブルがやってくるぞ。シャーラ、きみをここから出さなくちゃいかん」

「でも……」シャーラは授業を中断されて、テーブルのそばから不服そうにいった。

「ああ、それか。そのままにしておけ。危険な呪文じゃない」それは恋慕の術に対抗するもので、手続きが面倒なわりには、安全で、おだやかで、効果的な魔法である。〈魔術師〉は、フープ感応器を通して輝く光の槍を指さした。「危険なのは、あっちだ。途方もなく強大な超自然力の焦点が、丘の西側をあがってくる。東側からおりなさい」

「あたしにできることないかしら？　今まで教えてもらった魔術で」

〈魔術師〉はちょっと神経質に笑った。「あれに逆らってかい？　グリランドリーだぞ。見ろ、あのイメージの大きさ、色、形。だめだ。ここから出るんだ。今すぐ。東のスロープはだいじょうぶだから」

「いっしょに行きましょう」

「無理だ。グリランドリーがこのあたりを動きまわっているのではな。しかも、これがどっかの抜け作の手にわたっているとあっては。義務というものがある」

二人は連れだって洞窟を出ると、彼らの愛の巣である大きな館（やかた）にはいった。シャーラはいつまでも文句をいいながら、ローブをはおり、丘を下っていった。〈魔術師〉はいそいで持てるだけの手まわり品を選びだし、おもてに出た。

侵入者は、丘を半分のぼったところだった。巨大な、しかしどうやら人間らしい生き物が、きらきら光る長いものを持っている。ここまで来るには、あと十五分はかかるだろう。〈魔術師〉は銀のフラフープを立てると、なかをのぞきこんだ。

剣は、放出される超自然力の炎、眼を射るような白色光の針であった。まちがいない、グリランドリーだ。ほかにも同様に強力な超自然力の焦点はあるが、これほど軽便で、肉眼にも剣とわかるものはまずない。

〈魔法団〉に連絡するようシャーラにいっておけばよかったと思った。その程度の魔法なら、彼女にも心得がある。だが、もう遅い。

光の槍には、色の境界はなかった。

緑の干渉縞がないということは、防御の術がかけられていないことを意味する。侵入者は明らかに魔法使いではなく、魔法使いの助けを借りる知恵も持ちあわせていないのだ。グリランドリーのことをなにも知らないのだろうか？

しかし、それがわかったとて、なんの役にたつわけでもなかった。グリランドリーを所有するものは、グリランドリーそれ自体を除くすべての魔力に対して不死身となるのだ。少なくとも、そういわれている。

「試してみよう」と〈魔術師〉はひとりごちた。そして道具の山をかきまわすと、オカリナのような形の木製のなにかをとりだした。その埃を吹きはらい、片手に握ってさしあげると、斜面を狙った。しかし彼はためらった。
だ。
　忠誠の術は簡単で安全だが、副作用がある。術をかけられたものの知能を低下させるの
「自衛のためだ」そう自分にいうと、オカリナを吹いた。
　剣士の歩みは乱れなかった。グリランドリーは輝きもしなかった。それほどたやすく術
を吸収してしまったのだ。
　剣士がここに着くまで、あと二、三分しかない。〈魔術師〉はいそいで簡単な予知の術
をかけた。こうすれば、少なくとも来たるべき闘いでどちらが勝つか知ることができる。
　いかなるイメージも現われなかった。風景はゆらぎもしなかった。
「さて、そうすると……さて、そうするとだ！」〈魔術師〉はいい、道具の山に手をのば
すと、金属の円盤を見つけた。ふたたび手早くかきまわし、両刃のナイフをとりだした。
刃先は鋭く、刀身には見たこともない文字がくねくねと彫りこまれていた。
〈魔術師〉の丘の頂きには泉があり、泉から流れでる小川が館のわきを通っていた。剣士
は剣に重心をかけて立つと、小川を隔てて〈魔術師〉とむかいあった。そして大きく深呼
吸した。苦しい道のりだったのだろう。
　彼は筋骨隆々とした男で、全身がおびただしい傷跡でおおわれていた。これほどの若さ

で、どうしてこんなにたくさんの傷跡を作れたのか、〈魔術師〉には不思議でならなかった。しかし傷はどれひとつ、彼の運動機能を妨げてはいなかった。丘をのぼってくるあいだ、〈魔術師〉はじっと観察していたのだが、剣士の体格は非のうちどころがなかった。

彼の眼は深いブルーで、きらきらと輝いていた。しかし〈魔術師〉の好みからいえば、一センチほどくっつきすぎていた。

「おれはハップだ」剣士は流れを隔てて叫んだ。「女はどこにいる？」

「というと、シャーラのことか。しかし、それがおまえとなんの関係がある？」

「きさまのけしから ん呪縛から彼女を解放しにきたのさ、じじい。長いあいだ、よくも——」

「おい、おい、おい。シャーラは、わたしの妻だぞ」

「長いあいだ、よくも彼女をよこしまで好色な目的に使ってくれたな。よくも——」

「彼女は自分の意志でここにいるのだぞ、馬鹿もの！」

「そんなことをおれが信じると思ってるのか？　シャーラみたいに可愛い女が、きさまのようなもうろくした魔術師のどこにほれる？」

「わたしがもうろくして見えるか？」

〈魔術師〉は老人とは似ても似つかなかった。ハップと同年配、二十そこそこに見え、骨組みも筋肉もハップとひけをとらなかった。洞窟を出るとき、服を着る手間をはぶいたのだ。ハップの傷跡に対して、彼の背中には、赤と緑と黄金の刺青があった。精緻な渦巻き状の五芒星形で、その立体的な旋回模様を見つめていると、催眠状態におちいりそうなほどだった。

「村の連中は、きさまの歳をみんな知ってるぞ」と、ハップ。「どう少なく見積ったって、二百歳にはなってるだろう」

「ハップ」と〈魔術師〉はいった。「ベルハップなんとかかんとかルー・コノンソン。そうだ、思いだした。シャーラがおまえのことを話していたよ。このあいだ村へ行ったとき、うるさくつきまとったそうだな。あのとき、なにかしておけばよかった」

「じじいめ、嘘をつけ。シャーラは術にかかっているんだ。魔術師の忠誠の術の力を知らんものはない」

「そんなものは使っていない。副作用が嫌いだからだ。人なつっこい魯鈍にとりかこまれて嬉しがる人間がどこにいる？」〈魔術師〉はグリランドリーを指さした。「おまえはそれがなにか知っているのか？」

ハップは不気味にうなずいた。

「では、話もしやすい。まだ遅くないかもしれん。左手に持ちかえられるかどうか、試してみろ」

「やってみたよ。とれやがらねえんだ」ハップはいらだたしげに重さ三十キロの剣で空を切った。「夜だって、こんちくしょうを握ったまま寝るのさ」

「では、もう手遅れのわけだ」

「それだけのことはあったさ」ハップはすごんでいった。「これで、きさまを殺せるんだからな。長いあいだ、よくも罪もない娘をいかがわしい――」

「わかった、わかった」〈魔術師〉はふいに言葉を切りかえると、かん高い早口でしゃべりだした。一分近くそれを続けたのち、ふたたびリュナルド語に戻っていった。「痛みは感じないか？」

「ちっとも」と、ハップ。彼は動きもしなかった。驚くべき剣を構え、小川を隔てて魔法使いをにらみつけたまま立っているだけだった。

「遠くへ行きたいという衝動もおこらなかったか？　とつぜんの悔恨も？　体温の変化も？」今ではハップは残忍な笑いをうかべている。「だと思った。では、こうするほかないな」

一瞬、目もくらむような光がひらめいた。

それは丘のあたりへ急降下すると、ベースボールほどの大きさの流星にちぢまった。ハップの後頭部を直撃するコース。しかし爆発するのが一ミリセコンド早かった。光が消えたとき、ハップはリング状に並ぶ小クレーター群の中央に立っていた。

剣士の均斉のくずれたあごがガクンと落ち、つぎの瞬間、口をとじると前に進みでた。

剣はかすかに唸りをあげている。

〈魔術師〉が背を向けた。

ハップは〈魔術師〉の臆病さに唇を歪めた。ついで出発点から一メートルほどうしろにとびのいた。〈魔術師〉の背中から、黒い影がぬけでたのだ。

太陽光線が直接にさしこむ月面の洞窟内部なら、壁にできる男の影も、これぐらいくっきりと黒く見えるかもしれない。影は地上にとびおりると立ちあがった。輪郭は人間に似ているが、肉体はむしろ、宇宙の死のかなたにある究極の暗黒をのぞいたようだった。そのとき、それは跳躍した。

グリランドリーはおのれの意志に従って動いたように見えた。それは悪魔を縦に一回、横に一回切り裂いた。一方、悪魔は目に見えぬ障壁にぶつかったように、ハップをつかもうとあがきながら死んでいった。

「考えたな」ハップは荒く息をしている。「背中の五芒星形、なかに悪魔を閉じこめていたのか？」

「考えはしたが、役にはたたん。グリランドリーは役にたつ。だが、そんなのを使うのは考えが足りん証拠だ。もういちどきく。おまえはそれがなにか知ってるのか？」

「いままでにきたえられたいちばん強力な剣さ」ハップはそれを高々とさしあげた。彼の右腕は、まるでグリランドリーが改造したかのように、左腕と比べてずっと逞しく、また数センチ長かった。「おれをどんな魔法使いや女魔法使いとも対等にしてくれる剣だ。しかも、悪魔の助けも借りずにな。おれにほれてた女をわざわざ殺して手に入れたんだが、充分におつりはきたよ。きさまを地獄に送りこんだら、シャーラもきっとおれのところに――」

「彼女はおまえの顔につばを吐きかけるだろう。すこし、わたしの話をきかないか？　グリランドリーは、悪魔なのだぞ。おまえに分別がほんのひとかけらでもあれば、とうに腕を切り落としているはずだ」

ハップは愕然としたようだった。「すると、この金属のなかに悪魔が封じこめられているというのか？」

「ものわかりの悪いやつだ。金属ではない。それ自体が悪魔なのだ。打ち固められた悪魔だ。しかも、そいつは寄生体だ。今のうちに切り離さないと、一年後には、おまえはよぼよぼになって死んでしまうぞ。北の国のとある魔法使いが今のような形にこしらえ、なんとかやらのジーリィという自分の妾の子にやったのが、そもそもの始まりだ。ジーリィは大陸の半分を征服したが、けっきょく戦場で死んだ、老衰でな。わたしが生まれる一年前、それは〈虹の魔女〉が保管することになった。彼女なら、人間、特に男との関係はないから、安全だということで」

「それが嘘っぱちだったわけだ」

「おそらくグリランドリーのしわざだ。彼女の分泌腺の機能を亢進させたんだろうな、きっと。それくらいのことは予測しておくべきだったのに」

「一年……一年か」ハップはいった。

だが剣は彼の手のなかでおちつかなげにうごめいた。「すばらしい一年になるぞ」いうなり、ハップは前進を始めた。

〈魔術師〉は銅の円盤をとりあげた。「四」と数字を叫ぶと、それは中空で回転しはじめた。

ハップが小川を渡りおえたときには、もう円盤はぼんやりとしか見えなかった。〈魔術師〉は、それがハップと自分のあいだにくるように場所を変えた。近づくものすべてを断ち切ってしまいそうな勢いなので、ハップはそれに触れないように気をつけた。迂回しようとしたが、〈魔術師〉はまた反対側に走りこんでしまった。小休止のあいだに、彼はもうひとつなにかを拾いあげていた。くねくねと文字が刻まれた銀色のナイフだった。

「なんだか知らんが、そんなものじゃ、おれはやられないぞ」と、ハップはいった。「グリランドリーがあるうちは、どんな魔法だって効きやしないんだ」

「そのとおりだ」と〈魔術師〉。「どちらにせよ、あと一分すれば円盤の力もなくなる。そのあいだに、おまえにひとつ秘密を教えてやろう。今までどんな友人にも話せなかったものだ」

ハップはグリランドリーを目よりも高くさしあげると、両手で思いきり円盤に切りかかった。剣は円盤のへりできしりながらとまった。

「おまえを守っているのだ」と〈魔術師〉はいった。「いまグリランドリーがへりにぶつかれば、反動で村まではじきとばされる。唸りが聞こえないのか？」

ハップは円盤が空気を切る音に聞きいった。音調はみるみる高まってゆく。

「時をかせいでやがるな」と彼はいった。

「そのとおりだ。だから、どうした？　おまえが傷つきでもするか？」

「いや。きさま、いま秘密を教えてやるといってたな」ハップは、へりが赤く輝きだした円盤の片側で、剣をあげて身構えた。

「長いあいだ、この機会を待っていた。百五十年もだ。シャーラにだって話していない」〈魔術師〉は、剣士が追ってくる場合にそなえて、いつでも走れる体勢で立っている。

「そのころ、すでにわたしは少しばかり魔法を知っていた。今と比べれば問題ではないが、大規模で派手なやつだ。空にうかぶ城、黄金のうろこを持ったドラゴン。簡単な死の呪文など使わず、軍隊をそっくり石に変えたり、稲妻で消したり。こういった術には、たいへんな魔力が必要だ。わかるな？」

「聞いたことはあるよ」

「わたしはそんなことばかりしていたのだ、自分ひとりで楽しんだり、友人や、その土地の王侯や、そのとき愛していた女に見せるために。ところが、おかしなことに気がついた。ひとつところにおちついてしばらくすると、魔力が弱まってくるのだ。で、力を取り戻すために、ほかへ行かなくてはならなかった」

銅の円盤は、回転の熱でオレンジ色に輝いている。常識からいえば、とうの昔に砕けるなり溶けるなりしていなければならない。

「ところで世界には、あちこちに死んだ土地がある。魔法使いが決して近よろうとしない場所、魔法がはたらかない場所だ。それらはたいてい田園地帯にあって、農地や羊牧場になっているが、ときには古代の都市やそういったものが見つかることもある。かつて空中にうかんでいた城が、かしいで地上に落ちていたり、原初の昔に栄えていた大トカゲ類のような、ドラゴンの異常に古くなった骨がころがっていたりする。

で、わたしは考えはじめたのだ」

ハップは円盤の熱に耐えかねて、すこし後退した。それは今では真白に光り、地上におりた太陽のようだった。輝きのなかで、ハップは〈魔術師〉を見失った。

「わたしはこれと同じような円盤を作ると、回転させてみた。他愛のない運動学的な魔法だが、コンスタントに加速させ、しかも上限を決めないでおくのだ。おまえは超自然力というものを知っているか？」

「きさまの声おかしいぞ、どうしたんだ？」

っていた。

「超自然力とは魔術の裏ではたらいている力のことだ」〈魔術師〉の声は弱く、か細くなっていた。

おそろしい疑惑が、ハップの頭にわきおこった。〈魔術師〉は声だけをあとに残して、自分は丘を下ってしまったのだ！　ハップは熱気から眼をかばいながら小走りに円盤の周囲をまわった。

老人がひとり円盤のむこう側にすわりこんでいた。関節炎のため、節々のはれあがった不自由な指で、老人は神秘な文字の刻まれたナイフをもてあそんでいる。「わたしの発見というのは——おお、とうとう来たか。しかし、もう遅いぞ」

ハップは剣をふりあげた。そのとき剣が変貌した。

それは角と蹄のある巨大な赤い悪魔で、ハップの右手にその歯でかぶりついていた。悪魔は数秒間わざと動きをとめ、なにごとがおこったのか気づいたハップが、手からもぎはなそうとするまで時間を与えた。そしてつぎの瞬間、思いきり歯をくいこませると、手首のところから剣士の手を嚙みきった。

悪魔はゆっくりとつかみかかったが、ハップは驚きのあまり身じろぎもできないでいた。鉤爪の生えた指が、喉笛をじわじわとしめつけるのがわかった。

ところが、あとはその手の力が弱まってゆくばかり。驚きと狼狽が、悪魔の顔にみるみるひろがっていった。

円盤が爆発した。なにひとつ先んじることなく、すべてが一瞬におこった。それは金属の微粒子の平たい雲となって分解し、埃の流星を周囲にまきちらしながら消えた。その閃光は、足もとに落下した稲妻だった。爆発音は、雷鳴だった。あたりには、気化した銅のにおいがたちこめた。

悪魔の姿が、まるで背景のなかに溶けこむカメレオンのように薄らいだ。消えながら、悪魔はスロー・モーションで地上にくずおれ、さらに薄らぎ、ついに見えなくなった。ハップはそのあたりを足でつついたが、あるのは土くれだけだった。

ハップの背後には、黒こげの穴がぽっかりとあいていた。

泉の水はとまっている。岩だらけの川底は、日ざしのもとで乾きはじめている。〈魔術師〉の洞窟は陥没していた。〈魔術師〉の館の家具調度は、巨大な穴にことごとく落ちこんでいた。しかし館そのものは、あとかたもなく消え失せているのだった。

ハップは無残にくいちぎられた手首をにぎりしめて、いった。「いったいなにがおこったんだ？」

「超自然力さ」〈魔術師〉はもぐもぐいい、黒ずんだ歯をひと揃い口から吐きだした。「超自然力だ。わたしは、魔術の裏ではたらく力が、土地の生産力と同じように天然資源であることを発見したのだ。使いきってしまったら、もはやそれはない」

「だが――」

「わたしがなぜ秘密にしていたかわかるか？　この広い世界にも、いつか超自然力がことごとく枯渇する日がくる。おまえは、アトランティスが構造地質学的に不安定だということを知っているか？　魔法をよくする代々の王たちが、一世代ごとに術をかけなおして、大陸が海底にずりおちるのを防いでいるのだ。術がきかなくなったときはどうする？　大陸の全住民を、短時日に疎開させることはできまい。教えないのが慈悲というものだ」

「だが……あの円盤は」

〈魔術師〉は歯のぬけた口でにたっと笑い、雪のような髪を指でとかした。髪はごっそりと抜けて手のなかに残り、しみだらけのつるつる頭がむきだしになった。「老衰というのは、酒に酔ったような感じだな。円盤だって？　いま話しただろう。上限を課さない運動学的な魔法さ。円盤は無限に加速を続け、ついにはこの地域のすべての自然力を吸収してしまう」

ハップは一歩進みでた。ショックのあまり、力が半分も出ない。足は、筋肉のバネがみなはずれてしまったように、ぎしぎしいいながら地面についた。

「きさま、おれを殺そうとしたな」

〈魔術師〉はうなずいた。「おまえが円盤のまわりをまわっているうちに、爆発がおこって殺されるという仕掛けだが、かりにそうならなかったとしても、呪縛の術が消えてくれればグリランドリーはおまえを絞め殺すだろうから、結果は同じだと思ったのだ。いったたいなにに文句がある？　片手は失ったかもしれんが、グリランドリーからは解放されたのだぞ」

ハップはまた一歩、さらに一歩進んだ。手が痛みだしていた。苦痛が力をわきおこした。

「なあ、二百歳のじいさんよ」彼はだみ声でいった。「残ったもう一本の手で、きさまの首根っこへし折るくらい簡単なんだぜ。そのとおりにしてやろうじゃないか」

〈魔術師〉は、文字の刻まれたナイフをあげた。

「そんなもの役にたつものか。もう魔法は効かないんだ」ハップは〈魔術師〉の手をはらいのけると、骨ばった喉首をつかんだ。

〈魔術師〉の手がかるがると流れ、戻ってくるなり上がった。ハップは腹を両腕でおさえ、眼と口を大きくあけてのけぞった。彼はしたたか尻もちをついた。

「ナイフはいつも有効さ」と〈魔術師〉はいった。

「ああ」と、ハップはいった。

「わたしが手ずから鍛えたのだ。魔力が消えてもナイフが崩れないよう、ふつうの鍛冶屋の道具を使ってな。この文字は呪文じゃない。ただこう書いてある――」

「ああ……ああ」とハップはいい、横ざまに倒れた。

〈魔術師〉は大地にあおむけに身をよこたえた。そしてナイフを持ちあげると、〈魔法団〉に属するものだけが記憶している言葉で書かれた銘文を読んだ。

である。

そして、これもまた過ぎ去るべし。それは当時からすでに使い古された常套句だったのである。

彼は腕をおとし、空を見上げたまま横たわった。

ややあって、その青の一部を影が隠した。

「来るなとあれほどいっただろう」彼はささやき声でいった。

「馬鹿なのは、あなたのほうだわ。どうして、そんなふうになってしまったの？」

「若さの術がきれたのだ。予知の術になにも現われなかったときから、こうなることはわかっていたよ」彼の呼吸は切れぎれだった。「それだけの値打ちはあった。グリランドリーを殺したのだ」

「そんな歳になって、まだ英雄ごっこ！　あたしにできることない？　なにをしたらいい？」

「心臓がとまらないうちに、丘からおろしてくれ。おまえには、まだわたしの本当の歳をいったことは――」

「前から知ってたわ。村じゅうで知らない人なんていないわよ」シャーラは彼を抱きおこすと、片腕を自分の首にまわした。それは死人の腕のようだった。彼女はぞくっと身震いしたが、彼の胴に腕をまわし、呼吸を整えた。「まあ、痩せてしまって！　さあ、ダーリン、立つのよ」シャーラは彼をほとんどかかえあげるようにして、立ちあがった。

「ゆっくり行ってくれ。心臓がとまりそうだ」

「どこまで行く？」

「丘のふもとでいいだろう。そうすれば、また魔法がはたらきだして、こっちも休める」

彼はつまずいた。「眼が見えん」

「なだらかな道よ、ずっとふもとまで」

「だから、この場所を選んだのだ。いつか円盤を使う日が来ると思っていた。知識を捨て去ることはできん。役にたつときが必ずやってくる。そうなるほかないのだから、そこにちゃんとあるのだから」

「あなた、変わってしまったわ。まるで――まるで気持わるいくらい。それに、くさいわ」

ハチドリのはばたきのように、首筋のあたりで血管が激しく脈うっていた。「こんな姿を見てしまったら、もうわたしには興味がないだろう」

「元に戻れるんでしょ？」

「もちろんさ。お気に召すまま、どんな姿にでもなってみせよう。おまえは何色の眼が好きなんだ？」

「あたしもいつかこんなふうになってしまうのね」その声には、冷たい恐怖がこもっていた。それも、しだいに遠くなっていく。耳が聞こえなくなりはじめているのだ。

「おまえのほうに心の準備ができたら、正式な魔法を教えてあげよう。危険なのを。おそろしく危険なやつをな」

彼女はすこしのあいだ沈黙していた。やがて、「彼の眼は何色だった？　あいつよ、ベルハップ・サトルストーンなんとかの眼」

「やめよう、そんな話は」彼はちょっと不機嫌にいった。

そのとき、ふいに視力がよみがえった。

だが永遠に、というわけではない。とつぜんの日ざしのなかを、おぼつかなげに歩きながら〈魔術師〉は思った。やがて超自然力が尽きるとき、ローソクの炎が吹き消されるように、おれは消えてしまうだろう。そして文明もそのあとに従う。もはや魔法もなければ、魔法にもとづく産業もなりたたない。全世界は蛮族の手中におち、そのなかから彼らは自然を制する新しい方法を学びとるようになるだろう。けっきょく最後に勝つのは剣士どもー―あのろくでもない低能の剣士どもなのだ。

馬を生け捕れ！

伊藤典夫◎訳

Get a Horse!

　時代は、ほぼＡＡ（原子力紀元前（アンテ・アトミック））七五〇年、いいかえればＡＤ（キリスト紀元（アノ・ドミナイ））一二〇〇年。ハンヴィル・スヴェッツは伸張函（エクステンション・ケージ）から出ると、あたりを見まわした。

　スヴェッツにとって、原爆は千百年も昔の発明であり、馬は千年前に絶滅した生物である。これは、彼がはじめて経験する過去への旅であった。これまでの訓練など問題ではない。タイム・トラベルの実習は、一回の発射に数百万コマーシャルの経費を要するため、教程に含まれていないのだ。タイム・トラベルに伴う重力の奇妙な付随効果で、スヴェッツの頭はまだくらくらしていた。彼は前産業時代の空気を胸いっぱい吸いこみ、自分をここに導いた不可思議なめぐりあわせを心にかみしめた。しかしその反面、心の奥底では、どこか別の世界——いや、いつか別の時代にやってきたということが、まだ納得できないでいるのだった。

彼は麻酔銃を持っていなかった。馬を生け捕りにするのがこの旅行の目的なのだが、そとに出たとたん、お目あてのものに出くわすとは思ってもいなかったのである。そもそも馬とは、どれくらいの大きさなのか？　どこへ行けば見つかるのか？　研究所にある資料といえば、サルベージされた幼児向き絵本のなかの挿絵数点と、かつて馬は車をひく動力として利用されていた（！）という眉唾な伝説だけ。

曇り空の下にひろがる空虚な世界をながめながら、スヴェッツはエクステンション・ケージの湾曲した外壁に片手をおき、身を引き締めた。まだ頭がくらくらする。目の前に馬がいることに気づくのに数秒かかった。

それは前方十五メートルほどのところに立ち、利口そうな大きな茶色の眼でスヴェッツのようすをうかがっていた。予想したよりはるかに大きい。また、絵本のなかの馬はたてがみが短く、つややかな栗毛だったが、いまスヴェッツとむかいあっているけものは全身まっ白であり、そのたてがみは女性のロングヘアのようにふさふさとたれさがっていた。ほかにも違うところがある……だが、そんなことはどうでもいい。見れば見るほど絵本に生き写しであることからいっても、これが馬以外の生き物とは考えられなかった。

馬はスヴェッツの動きをうかがいながら、彼がわれにかえるのを待っていたようだった。そしてスヴェッツが麻酔銃のないのに気づいてうろたえているすきに、ひと声たからかに笑うと、くるりと尻をむけ、走りだした。それは驚くほどの速さで姿を消した。

スヴェッツは全身ががたがた震えだすのを感じた。馬に知覚力があるかもしれないなんて、だれひとり教えてくれなかったではないか！　それにしても、あのけもののあざ笑いは人間味がありすぎる。

　スヴェッツはようやく思い知った。彼がいまいるのは、遠い遠い過去なのである。

　それ以上に彼に思い知らせたのは、馬が消えたあと、そこにぽっかりと生まれた空虚感であった。地平線のかなたまで林立する高層住宅群もなければ、空にたなびく飛行雲もない。人類の存在すら知らぬげな、樹木と花々となだらかに起伏する草原の世界。

　そして静けさ――耳が聞こえなくなってしまったようだった。馬の笑い声のあと、物音らしいものをなにひとつ聞いていないのだ。PA（原子力紀元（ポスト・アトミック））一一〇〇年の世界では、このような静けさは地球上のどこをさがしても見つからない。耳をすましながらスヴェッツは、ここがまちがいなく彼の目的地、文明の到来以前のブリテン諸島であることをついに確信した。彼はタイム・トラベルをなしとげたのである。

　伸張函（エクステンション・ケージ）は、タイム・マシンのメカのうちじっさいに時間のなかを動く部分である。空気補給装置がそなえつけられており、函（ケージ）が時間にそって伸び続けているあいだ、内部に新鮮な空気を供給している。しかし、ここではそれも必要ない。ここは文明のあけぼのをまだ知らない世界――放射性廃棄物や、石炭、炭化水素、タバコ、木材、その他の物質の燃焼によって、大気が汚染されるまえの時代なのだ。

過去の世界にすっかりおびえ、スヴェッツはエクステンション・ケージの世界に退却した。けれどもドアはしめなかった。なかにはいったとたん、気分がよくなったからだ。そとには、彼が無知であるだけに危険な、未踏の惑星が待っている。だがケージのなかは、訓練期間中と変わりなかった。これとそっくりな精密モデルのなかで、コンピュータが操作するダイアルとにらめっこしながら、スヴェッツは何百時間すごしたことだろう。運動中の奇妙な付随効果に似せるため、人工重力のおまけまでついていた。

馬はとうに逃げてしまったにちがいない。だが大きさはつかめたし、このあたりに馬がいることもわかった。さて、ぼつぼつ仕事にかかろうか……

スヴェッツは、壁に固定されている麻酔銃をとった。そして適当なサイズの麻酔針を選びだすと、銃につめた。ケースのなかには、さまざまな大きさの水溶性結晶体の針がおさめられていた。いちばん小さな針ならトガリネズミを、いちばん大きな針なら象を、同じように命に別状なく眠らせることができるのだ。スヴェッツは銃を肩にかけ、立ちあがった。

世界が灰色に変わった。倒れそうになって、彼は壁の銃架にしがみついた。

ケージが停止したのは二十分前。めまいはとっくにおさまっていていいはずだ！　しかし長旅だったことは確かである。PA〇（ゼロ）年より過去の世界へケージが送りだされるのは、時間研究所はじまって以来のできごとなのだ。長い旅であり、奇妙な旅でもあった——とにかく旅行中ずっと重力がスヴェッツの質量をへその方向に均等に引っぱり続けていたのだから……

頭のもやが晴れると、彼は残りの装具をとりつけてあるもうひとつの壁にむかった。

飛行ポールは、長さ一・五メートルの金属製の棒——内部に揚力場発生機（リフト・フィールド・ジェネレイター）と動力源があり、両端にそれぞれ制御ハンドルとブラシ放電装置がついている。そして中央部にバケット・シートとシート・ベルト。宇宙飛行産業の副産物として開発されたものだが、スヴェッツの時代でも、これほどこぢんまりとまとまった製品は珍しかった。

しかし作動していない状態では、その重量はおよそ十五キロ。とめ具からはずすのに、力を使いはたしてしまった。彼はひどい吐き気を感じた。

飛行ポールを持ちあげようとかがんだとき、意識が遠くなってゆくのに気づいた。倒れた拍子にドアのボタンにぶつかり、そのまま気を失った。

「どこに現われるか、それはまったくわからん」ラー・チェンが話していた。ラー・チェンは時間研究所の所長——まるまると太った大男で、顔の造作がいちいち並はずれて大きく、いつもひとことありそうな表情をうかべている。「つまり、ある特定の日、特定の時間をねらって到着する方法はまだ開発されておらんということだ——それをいうなら、年の単位でもまだあぶなっかしい。ただしエネルギーの関係で、地底や、物体の内部に実体化するようなことはないから安心したまえ。かりに空中三百メートルの高さに出たとしても、ケージは墜落しない。われわれの予算など無視したとほうもないエネルギーを使って、ゆっくりと着地するだけだ……」

その夜、スヴェッツは迫真的な夢を見た。彼をのせたケージは、何回も何回も厚い岩盤のなかに実体化しては、目もくらむような閃光とともに爆発するのだった。

「書類のうえでは、馬の送り先は歴史局になっている」ラー・チェンはいった。「だが本当のところは、二十八歳の誕生日を迎えた事務総長へのプレゼントなんだ。きみも知ってるように、彼の知能は六つの子供ぐらいしかない。そろそろ王室にも、近親結婚の弊害が出てきたらしくてな。ＰＡ一三〇年からサルベージしてきた絵本をこのあいだ贈ったところ、坊やはお馬がほしいというんだ……」

スヴェッツは、大逆罪——そのような話を聞いた罪によって、わが身が銃殺に処せられる姿をまざまざと見た。

「……でもなければ政府がこの旅行に金を出すわけがない。なんにしても、よいことだ。国連に現物をひきわたす前に、クローン再生をしておけばいい。わかるだろう——遺伝子は暗号だ、暗号なら解読できる。牝をつかまえるんだ。そうすれば馬なんか、ほしいだけ作れるようになる」

　しかし馬をほしがる人間などいるのだろうか？　スヴェッツは、時間飛行士が千年前の世界の廃屋から回収した幼児向き絵本のコンピュータによる複製をしげしげとながめた。なんの感興もわかなかった。

　しかしラー・チェンは彼をすくみあがらせた。「こんなに遠くまでの旅は、われわれもやったことがない」出発の前夜、もう逃げも隠れもできないころになって、ラー・チェンはいった。「それだけは忘れんことだ。なにか異常がおこっても、ルールブックはあてにするな。計器にもたよるな。自分の頭を使うのだ。頭だぞ、スヴェッツ。どれだけ役にたつかはわからんが……」

　発射を目前にした数時間は、とても眠るどころではなかった。「きみはすっかりおびえとる」ケージの前に立ったスヴェッツにむかって、ラー・チェンはいった。「だが、きみにはそれを内に隠すだけの精神力がある。内心まで見通しているのは、おそらくわたしだけだろう、スヴェッツ。だからこそ、きみを選んだのだ。きみならおびえていても、先に進む力がある。手ぶらで帰ってくるな……」

　所長の声はひときわ大きくなった。「必ず馬を連れてくるのだ、スヴェッツ。頭を使うんだぞ、スヴェッツ、自分の頭を、な……」

　スヴェッツは発作的に体をおこした。そう、空気だ！　早くドアをしめなければ死んでしまう！　だがドアはしまっていた。彼はフロアにあぐらをかき、痛む頭をかかえた。

換気装置はダイアルその他、火星のサンドボートに用いられているものとまったく同じだった。ダイアルは、ケージがすでに密閉されているので、正常な目盛をきざんでいた。スヴェッツは、勇気をふるいおこしてドアをあけた。十二世紀のイギリスの芳潤な空気が流れこむと、スヴェッツは息をとめて、目盛が変化してゆくのを見守った。そしてドアをしめると、冷汗をたらしながら、室内の空気が毒ガスから完全な混合物にかわるのを待った。

つぎにケージから出たとき、スヴェッツは飛行ポールのほかに、もうひとつ星間探検産業の副産物を用意していた。それは透明な気泡で、彼はそれを頭にすっぽりかぶっていた。気泡は、選択透過性のある膜でできており、数種の気体だけを透過させて内部に呼吸できる混合物をつくりだすのである。

ふちの線をのぞけば、気泡はほとんど目に見えない。ふちの部分だけは光線の屈折が激しいので、距離をおいてながめると、金色の細い輪がスヴェッツの頭をぐるりとかこんでいるような感じになる。見た目には、中世の絵画に描かれている光輪とたいして変わりはない。だがスヴェッツは、中世の絵画など知るよしもなかった。

そして彼は、単純な白いローブを着ていた。胴まわりだけ細く、ほかはゆったりした、飾り気ない服である。研究所の判断によれば、これがセックスや習慣のタブーにもっとも抵触する可能性の少ない服装だろうということだった。腰帯には、交易キット——熱圧加工機、酸化アルミニウム（AL_2O_2）をいれた袋、着色用の付加剤のビン数本。

最後に彼は、悲痛な、困惑の表情をうかべた。彼の遠い祖先が住む世界にようやくたどりついたのに、そこの清浄な空気を吸えないとはなんということか！

ケージ内部の空気は、スヴェッツの時代の空気であり、それはほぼ四パーセントの炭酸ガスを含んでいる。ところが原子力紀元前七五〇年の空気には、炭酸ガスはその十分の一もないのだ。この世界では、人間はまだ珍しい動物なのだ。呼吸する空気はほんの少し、森林を伐採してもいなければ、時のあけぼの以来、消費した燃料もとるに足りない。

しかし産業文明は、すなわち燃焼である。そして燃焼は、大気中の炭酸ガスの量を、緑色植物がそれを酸素に還元するより何十倍も速いピッチで増やしていった。スヴェッツは、二千年の歳月をかけて、二酸化炭素（CO_2）を濃厚に含む大気についに適応した人類の一員なのである。

左わきの下のリンパ腺の自律神経を活動させるには、炭酸ガスの集中がおこらねばならない。スヴェッツが気を失ったのは、正常に呼吸していなかったからだ。

彼のうかない顔は、気泡をかぶったおかげで強まった他所もの意識のあらわれだった。

彼は飛行ポールにまたがると、上端の制御ノブをまわした。ポールが彼の下でうきあがり、彼はバケット・シートにはいりこんだ。ノブをさらにまわす。

彼をのせたポールは、風船のように空にまいあがった。

緑につつまれた未開の美しい土地が、眼下にひろがっていた。パール・グレイの空には、飛行雲のかけらも見えない。やがて彼は崩れおちた石壁を見つけ、それに沿って飛びはじめた。

村落を見つけるまで、壁づたいに進むつもりだった。あの伝説がもし本当なら――馬の大きさからいって車をひくぐらいのことはできそうだ――人間のいるところには必ず馬もいるはずだった。

まもなく壁と平行に道らしいものが見えてきた。周囲の土地はでこぼこなのに、そこだけは平坦で、草もなく、人間ひとりが歩けるほどの幅が一定してとってある。土をかためただけのものが道だとはとても思えないが、スヴェッツは事情を理解した。

彼は十メートルの高度を保って、道づたいに飛んだ。

すりきれた茶色の服を着た男がいた。頭巾をかぶり、杖にすがりながら、はだしで辛抱強く歩いている。スヴェッツには背中しか見えない。

スヴェッツは、おりていって馬のことをたずねようかと思った。だが思いとどまった。ケージがどの時代にとまるかもわからないので、古代語は覚えなかったのだ。

コミュニケーションには役にたたないが、コミュニケーションのかわりになる交易キットのことを考えた。まだ実地にテストされたことはないが、いずれにせよ、この程度のことで使ってはいられない。アルミナの量はかぎられているのだ。

下から悲鳴があがった。見おろすと、れいの茶色の服の男が、杖を放りだして一目散に走ってゆく。先ほどの疲れたようすはどこにもない。

「なにに驚いたのかな」あたりに目をやったが、男を驚かせるようなものはなにひとつ見あたらなかった。たぶん小さな恐ろしい生き物でもいたのだろう。

研究所の推定によれば、スヴェッツの時代までに人類が――不用意に、あるいは意図的に――滅ぼした生物は、哺乳類、鳥類、昆虫類あわせておよそ一千種にのぼるという。だからこの世界では、なにが命取りになるかわからない。彼はぞくっと身震いした。茶色の服を着たひげづらの男は、ハンヴィル・スヴェッツを殺そうと待ちかまえていた毒虫から逃げたのかもしれないのだ。

スヴェッツは気短に飛行ポールのスピードをあげた。この仕事は時間をくいすぎる。人口密集地がひとつひとつこんなに離れている世界なんて、だれが予想しえたろう？

それから三十分後、抛物面力場（パラボロイド・フォース・フィールド）で風をよけながら、スヴェッツは時速百キロで道の上空をとばしていた。

完全にツキに見はなされた感じだった。人間を何人か見かけはしたのだが、みんなこの界隈から立ちのこうとしているところなのだ。そして人口の密集地はどこにも見あたらなかった。

途中、丘の上に不自然なかたちでそびえたつ岩の露頭を見かけた。地質学のどんな法則に照らしあわせても、このような角ばった岩の集積体は考えられなかった。好奇心にかられて、彼はその上空を旋回した——そして、ふいに内部が空洞なのに気づいた。あちこちに長方形の穴があいているのだ。

人間の住居だろうか？　信じたくはなかった。こんなもののなかに住むのは、地底に住むのと同じことだ。だが人間は建物を直角に組みたてることが多く、この物体もすべて直角からなっていた。

この空洞の岩石構造の周辺には、乾燥した草で作った不格好な小山が点々とちらばり、そのどれにも人間の背丈ほどのドアがついていた。おそらく大きな虫の巣だろう。スヴェッツはいそいで退散した。

彼の前方で、道はこんもりと盛りあがった緑の丘を迂回していた。スヴェッツは速度をおとした。

丘の頂きに泉があり、せせらぎは斜面をくだって道を交叉していた。なにか大きな生き物が小川の水を飲んでいる。

スヴェッツは中空で急停止した。自然水——猛毒だ。馬を見て驚いたのか、それとも馬が自殺をはかっていたので驚いたのか、彼自身にもはっきりしなかった。

馬は眼をあげ、彼を見た。

同じ馬だった。ミルクのように白く、豊かな純白のたてがみと尻尾が流れるようにたれていた。それは、スヴェッツをあざけって逃げたあの馬にちがいなかった。それはすぐ彼に背を向けたが、スヴェッツはその眼にうかぶ敵意を見逃がさなかった。

それにしても、どうしてこんなに早く着くことができたのか？

スヴェッツが銃に手をのばしたとき、事態は急展開した。

その女は若かった。まだ十六そこそこだろう。髪は黒く、それを複雑なかたちに編んでいた。首からくるぶしまですっぽり包んだ服は、奇妙にごわごわした青い繊維でできていた。彼女は木かげの黒っぽい大地に黒っぽい布を敷き、その上にすわっていた。スヴェッツはそれまで彼女の存在に気づかなかった。馬が歩きださなければ、最後まで気づかなかっただろう……

馬は彼女のそばへ行き、四本の足を折りまげてすわると、その危険きわまりない頭部を彼女の膝に休めた。

少女はまだスヴェッツに気づかない。

「異種族愛好症だ！」スヴェッツは考えつく最悪ののしりの言葉をつぶやいた。彼は異種族差別主義者だった。

馬はどうやら少女のものらしかった。これではただ撃って持っていくというわけにはいかない。買わなければならない……なんらかの方法で。

考える時間が必要だ！　だが時間はなかった。少女はいつ見上げるかもしれないのだ。悪意に満ちた茶色の眼が、うろたえる彼を見守っていた……

ほかの野生の馬をさがし求めて荒野をさまよう余裕はなかった。タイム・トラベルの数学には、ひとつの不確定因子がある。それはケージが帰還のさい要するエネルギーのなかに不確定因子として現われ、時の経過につれてその出現率は高まってゆく。スヴェッツがここに長くいればいるほど、帰りのケージのなかで丸焼きにされる確率が高くなるのだ。

しかも馬は自然水を飲んでいる。ＰＡ一一〇〇年の世界へなるべく早く連れていかないかぎり、死んでしまうだろう。ここで死ぬ馬なら、この時代から取り除いても、スヴェッツの世界の歴史になんら影響は与えないわけだ。それは賢明な選択であった……あとはけものに対する恐怖を克服するだけ。

馬はよく馴れていた。きゃしゃな少女だが、あぶなげなく馬を制していた。怖れる理由がどこにあろう？

だが馬には自然の武器がある……ラー・チェンのあやしげな絵本には、それらしいものはなかったのに。人間に危害が加えられる心配があるので、子馬のうちに切除してしまう習慣が、のちの時代にできたにちがいない。スヴェッツはそう推理した。もう二、三世紀未来に着けばよかった……

そして馬の眼つき。馬は彼を憎んでおり、彼がおじけづいていることを知っている。

ものかげから狙い撃ちするのはどうだろう？　おそらく少女は半狂乱になるだろう。なにをいっても、耳を貸さなくなるかもしれない。

馬が見ているまえで、交渉しなければならないわけだ。もし馬が彼女の手をはなれて暴れだしたら──あるいは彼女がスヴェッツを信用しなくなったら──彼は死ぬのだ。


スヴェッツが近づくと馬は眼をあげたが、それ以上の行動はおこさなかった。少女も驚いたようすで眼をまるくして彼を見つめていた。彼女の口から、質問の言葉らしいものがもれた。

スヴェッツは微笑でこたえ、距離をつめた。彼は地上三十センチの高さにうかんだまま、じりじりと進んだ。この世界ただひとつの空飛ぶ機械である──この光景が与える効果を、彼は充分承知していた。

少女は微笑をかえさなかった。用心深く見守っている。数メートルまで迫ったとき、彼女はあわてて立ちあがった。

彼はすぐに飛行ポールをとめ、地面におろした。そして柔和にほほえみながら、腰帯から熱圧加工機をとった。彼は慎重に行動した。少女は今にも逃げだしそうなようすだった。

交易キットは、酸化アルミニウム（Al_2O_3）を入れた袋と、付加剤のビン数本、それに熱圧加工機からなっている。スヴェッツは粉末を加工機の穴に流しこむと、酸化第二クロムを少量くわえ、プランジャーを作動させた。シリンダーが温かくなった。ほどなくスヴェッツの手のひらに、深紅色のスター・ルビーがころがりおちた。彼はそれをつまみ、太陽にかざした。血のように赤く、そのなかで六角の白い星が輝いていた。

ルビーは、持っていられないほど熱かった。

馬鹿め！　スヴェッツの微笑が凍りついた。ラー・チェンも頭のめぐりがわるいものだ！　この宝石が不自然に熱いことを知ったら、彼女はなんと思うだろう？　ペテンだと思うのではないか？

だが危険をおかすしかなかった。彼には交易キットしかないのだ。

彼は湿った地面にかがんで、宝石を彼女の足もとにころがした。

彼女は、馬を興奮させないよう片手を馬のうなじにおいたまま、中腰になって宝石を拾った。手首には、黄色い金属の腕輪をはめていた。手は泥まみれだった。

彼女は宝石を高くさしあげ、深紅色の炎に見入った。

「おおう！」というため息がもれた。彼女は驚きと喜びを満面にうかべてスヴェッツを見た。スヴェッツもほほえみかえし、さらに二歩進むと、イエロー・サファイアをころがした。

なぜ同じ馬に二度も行きあたったのか？　それはスヴェッツにもわからない。しかし馬がどうやって彼に先まわりしたかは、まもなく明らかになった……

スヴェッツは少女にすでに宝石を三つわたしていた。彼はもう三つを手のひらにのせ、彼女を飛行ポールにのせようとした。少女は首をふった。行きたくない、というのだ。そして馬の背にまたがった。

少女と馬は、スヴェッツのつぎの動きを待ちうけている。

彼は妥協した。飛行ポールに少女を乗せ、馬を誘導しようと思ったのである。だが少女が馬にのってついてくるなら、結果は同じだった。

馬は、飛行ポールのすこし斜めうしろにぴったりとついて走った。少女が乗っていても、走りにくそうなようすはなかった。当然だろう。そういった労働のために飼育されていた動物なのだから。どのくらいの速度が動きやすいか確かめようと、スヴェッツは目盛をあげた。

彼はぐんぐんスピードを速めていった。馬にも限界があるはずだ……

時速百三十キロまであがったところで、彼はやめた。少女はけものの背中に腹ばいになり、その首にしがみついて強い風から顔をかばっていた。だが馬は、スヴェッツを上目づかいににらみながら走り続ける。

その動きをどう表現したらよいだろうか？　スヴェッツは、バレエを見たことがなかった。機械の動きは知りつくしているが、それとは似ても似つかない。思いあたるのは、男女の性行為だけだった。よどみないリズミカルな動き、目的へのひたむきな精神集中、運動の快感だけのためにある運動。馬の疾駆する姿には、人を畏怖させるような美があった。

これを形容する言葉は、馬とともに滅びたにちがいない。

馬はまったく疲れたようすがなかったが、少女のほうが先に疲れてしまった。少女がたてがみをひっぱると、それはとまった。スヴェッツは持っていた宝石をわたし、さらに四つ作って、そのひとつをわたした。

風の強さがこたえたのか、彼女は泣いていた。宝石をうけとり、泣きながら笑った。宝石がうれしいのだろうか、それとも競走が楽しかったからなのか？　彼女はあえぎながらぐったりとすわりこみ、体をやすめた馬の温かに脈打つわき腹にもたれかかった。そして片手をあげ、銀色のたてがみをくりかえしくりかえしなでた。馬の茶色の眼は、悪意をこめてスヴェッツを見つめていた。

少女は不器量だった。化粧していないからではない。体にはビタミン欠乏の症状が現われていた。背も一メートル半足らず、そして痩せていた。幼児期にかかった病気の斑痕もあった。だがその不器量な顔は幸福に輝いており、それが宝石を持った彼女を、ほとんど愛らしくさえ見せていた。

少女の疲れがとれたころを見はからって、スヴェッツは飛行ポールにのり、出発した。

ケージに着いたときには、アルミナはほとんど底をついていた。だが問題は、そのあとにおこった。

それまで少女は、スヴェッツの宝石とスヴェッツ自身——おそらくその長身と空を飛ぶ能力——に魅入られていた。だがエクステンション・ケージは、逆に彼女をおびえさせてしまった。無理もないことだった。ドアがついた半球は、継ぎ目のない鏡面というだけで問題ない。だがその反対側の部分はぼんやりとかすみ、人間の視覚ではとらえることのできない方向に溶けこんでいるのだ。作動中のタイム・マシンをはじめて見たときには、スヴェッツ自身、歯の根のあわないほどの恐怖をおぼえたものである。

彼女から買ったあと、この場で馬を撃ち、飛行ポールを使って運びこむという手はある。だがもっと簡単なのは……

やってみるにこしたことはない。スヴェッツはアルミナの残りをすべて加工した。そして宝石を点々と地面にならべると、ケージにはいった。

熱圧加工機には研磨装置はない。スヴェッツははじめそれを心配した。できあがる宝石が、みなウズラの卵のようなかたちなのである。だが酸化第二クロム、酸化第二鉄、チタンを使って、赤、黄、青と色にバラエティをつけることはできたし、圧力を変えればキャッツ・アイやスター・ジェムを作ることも思いのままだった。彼は、赤、黄、青さまざまな宝石を、ケージのドアまで一列にならべた……

びくびくしながらも誘惑にはさからえず、少女はついてきた。すでにハンカチのなかは宝石でいっぱいだった。馬も彼女のあとに続いた。

少女がなかにはいると、スヴェッツは手のひらにさらに四個の宝石をのせた。機械が作れる最大の大きさで、色はそれぞれ、赤、黄、青、黒。彼は馬を指さし、ついで宝石を指さした。

少女は煩悶した。スヴェッツは冷汗を流して待った。馬を手ばなしたくないのだ……そして彼にはもうアルミナはない……

少女はとうとうこっくりした。心変わりをしないうちに、スヴェッツは彼女の手に宝石をころがした。彼女は宝物を胸にしっかりとかかえこむと、泣きながらケージを出た。

馬があとに続こうとした。

スヴェッツは銃をかまえ、引金をひいた。けものの首に、血がポツンと現われた。一瞬たじろいだが、すぐ生得の銃剣の切先をスヴェッツにむけた。

かわいそうに――。ドアへと歩きながら、スヴェッツは思った。だが、どちらにしても少女は馬を手ばなさねばならない。馬は、汚染された水を飲んだのだ。さて、飛行ポールを積みこんでしまえば仕事は終わる。

視界の片隅で、なにかが動いた。

性急な断定はしばしば危険を招く。スヴェッツは馬が倒れるのを確認しなかった。ふりかえった彼は愕然とした。馬は倒れるどころか、彼をカクテル・シュリンプみたいに串刺しにしようと身構えたところだった。

彼はドアのボタンを押し、身をかわした。

たとえようもなく美しく、たとえようもなく鋭い螺旋状の角が、しまりかけたドアに激突した。せまいケージのなかで、けものは白い稲妻のように身をひるがえした。スヴェッツは必死でとびさがった。

角はほんのちょっとの差で彼をかすめて制御盤にぶつかり、プラスティック・パネルをつきぬけた。

パチパチと火花がはじけとんだ。

馬はひたいの槍とスヴェッツの位置を見比べながら、慎重に狙いをさだめた。スヴェッツにできることはひとつしかなかった。彼は帰還レバーを引いた。

自由落下をはじめて経験して、馬は狂ったようにいないた。スヴェッツのへそを狙っていた角は、呼吸用気泡を破壊し、彼の片耳を切り裂いた。

と、重力が戻った。だが、それは運動中のケージに生じる特殊な重力だった。スヴェッツと馬は、詰め物をした壁に押しつけられた。彼は安堵のため息をついた。

とつぜん奇妙なにおいが鼻孔をおそった。今までかいだことのない強烈な悪臭だった。恐るべき角の一撃で、空気浄化装置がこわれたにちがいない。もしかしたら、いま吸っているのは有毒な空気かもしれない。手遅れになるまえに帰らないと……

だが帰ることができるのか？　象牙色の角がぶつかったとき、どの部分の配線が切れたのかわからないが、とんでもない時代に出てしまうことだってありうる。そこは時間の果て、病み衰えた黒色太陽の輝く不毛の世界だろうか？

いや、帰ろうにも、その未来すらなくなっているかもしれない。彼は飛行ポールをおき忘れてきた。人びとはどのように扱うだろう？　一方の端に制御ハンドル、もう一方の端にブラシ放電装置、まんなかに座席というこの奇妙な機械を見て、人びとはなにを連想するだろう？　あの少女が乗ったとしたら？　スヴェッツは、満月の光に照らされながら夜空を飛ぶ少女を思いえがいた……歴史はどう変わってゆくだろう？

馬はいまにも卒中をおこさんばかりだった。横腹は激しく波打ち、眼はギョロギョロと動いている。室内の炭酸ガスが濃すぎるのだろう。でなければ飲んだ有毒な水のせいだ。

重力がなくなった。ケージはふたたび自由落下にはいった。馬は苦しげに攻撃を開始した。

重力が回復した。この瞬間を予期していたスヴェッツは、なんなく床におりたった。そとでは、だれかがすでにドアをあけようとしている。

スヴェッツはいっきにそとにとびだした。馬は怒りにいななきながら、彼を殺そうとあとに続いた。コントロール・センターにいた男が二人はねとばされた。

「麻酔がきかないんだ！」スヴェッツは肩越しにどなった。さしもの馬も、ここではデスクやスクリーンに妨害され、駿足を発揮できなかった。この世界の大気もひと役かっているのだろう。馬はデスクや人間にぶつかりながら進んだ。スヴェッツはなんなく凶暴な角との差をひろげた。

パニックはみるまにひろがっていった。

「ジーラがいなければ手も足も出なかったところだ」ずっとあとになって、ラー・チェンがいった。「あのとてつもない馬には、センターじゅう震えあがったぞ。それが、不感症のオールドミス、あのジーラを見たとたん嘘みたいにおとなしくなって、彼女のあとをいそいそついて行くじゃないか」

「手遅れになる前に病院に入れたんですか？」

ラー・チェンは憂鬱（ゆううつ）そうな顔でうなずいた。しかしそれは彼のお気にいりの表情で、内面の感情とは関係ない。「けものの血液中からは、五十種を超える未知のバクテリアが発見された。にもかかわらず、病気のようには見えんのだ！　健康なことといったら、とにかく……とにかく、ものすごいスタミナがあるんだな。馬はもちろん、バクテリアもほとんど救ったよ。みんな動物園行きだ」

スヴェッツは病院のベッドから起きあがり、専門診断医に片腕をさしだしていた。遠い昔に絶滅したバクテリアが、彼の体内にも発見されるかもしれないのだ。腕を動かさないよう気をつけながら、彼は窮屈そうに姿勢をかえた。「あの馬に効く麻酔剤は見つかったんですか？」

「いいや。そのことはすまんと思ってるよ、スヴェッツ。なぜ針が効かなかったのか、いまもってわからん。たぶん精神安定剤のようなものに免疫があるのだろう。

それはそうと、ケージの空気浄化装置には故障はなかったよ。あれは馬の体臭なんだ」

「そうだったんですか。死ぬかと思いました」

「あのにおいにはインターンたちも悲鳴をあげてたな。センターでも当分におうだろう」ラー・チェンはベッドのはしに腰をおろした。「いま困っているのは、ひたいにある例の角なんだ。絵本の馬には角なんかない」

「そうなんです、所長」

「すると、これはべつの動物ということになる。馬ではないんだ、スヴェッツ。きみを送りかえさなきゃならん。たとえ研究所が破産したとしてもだよ、スヴェッツ」

「お言葉をかえすようで失礼ですが、所長——」

「他人行儀ないいかたはやめたまえ」

「はい。では、いいかえます。頭をちゃんと使ってください、所長」もう二度と馬をさがしに行く気はなかった。「子馬のうらに角を切ってしまう習慣が、当時あったとは考えられませんか？　あの角がどんなに危険かは、このあいだの騒ぎで見たとおりです。家畜としては危険すぎる」

「では、なぜわれわれの馬には角があるのだ？」

「だからはじめて見たときに、わたしは野生の馬だと思ったのです。角を切る習慣が定着したのは、ずっとあとの時代なんでしょう」

ラー・チェンは憂鬱そうな顔のまま、満足げにうなずいた。

「わたしもそうではないかと思っていたよ。そこで問題は、事務総長だ。自分の馬には角がある。絵本の馬には角がない。いくら馬鹿でも、それくらいは見分けがつく。わたしはきっとその責任をとらされるだろう」

「フムム」スヴェッツはどう答えてよいのかわからなかった。

「角を切除するほかあるまい」

「しかし、だれかが傷あとを見つけるでしょう」

「そうなんだ、そのとおりだ。宮中には、わたしの敵も多い。事務総長のペットを傷ものにしたと喜んでいいたてるだろう」ラー・チェンはスヴェッツをにらみつけた。「よし、そこで、きみの考えをきこうじゃないか」

スヴェッツは後悔していた。なぜよけいな口をはさんでしまったのか？　あの美しい凶暴な馬が、角を抜かれて見るかげもない姿に……胸のわるくなる考えだった。理性では考えられても、感情がうけつけなかった。角を抜く以外に、なにか方法はないだろうか？

彼はいった、「絵本を修正してしまうんです、馬ではなく。絵本の複製を作るくらいコンピュータなら簡単でしょう――ただし、絵のなかの馬に角を描き足すんです。センターのコンピュータを使って、あとでテープを処分してしまえばいい」

ラー・チェンは不機嫌にいった、「それはわるくない。わたしの知っている男を使えば、絵本はすりかえられるはずだ」彼は毛虫のような黒い眉をつりあげた。「もちろん、これは秘密だぞ」

「はい、所長」

「それから」ラー・チェンは立ちあがった。「診断が終わったら、四週間の休暇だ」

「これをつかまえてもらいたい」四週間後、ラー・チェンがいった。彼は動物物語集をひろげた。「PA一〇年の市民公園で回収してきた本だ。といっても、子供がカーボランダムのかたまりで遊んでいるすきにかすめとってきたんだが」

スヴェッツは絵をながめた。「すごいやつですね。こんなにグロテスクなのも珍しい。馬とバランスをとるんでしょう？　馬が美しすぎるから、こういうのを捕えてきて並べないと、宇宙の天秤がひっくりかえっこしまう」

ラー・チェンは悲しげに眼をとじた。「つべこべいわんで毒トカゲを捕えてくるんだ、スヴェッツ。事務総長が毒トカゲをご所望なんだよ」

「大きさは？」

二人は挿絵をのぞきこんだ。手がかりはなかった。「この格好からいって、大きなケージを使ったほうがよさそうだな」


スヴェッツは半死半生で帰還した。疲労のあまり動くこともできず、半身に二次性の火傷を負っていた。彼が運んできた生き物は、全長九メートル、背中にコウモリのそれを思わせる退化した翼があり、口から火を吹き、挿絵とあまり似ていなかった。しかし彼が見つけたなかで、いちばん近いのがそれだった。

事務総長が大喜びしたことはいうまでもない。

解　説

ＳＦ評論家
堺　三保

　今は昔、サイバーパンクの波が訪れる前の一九六〇年代後半から八〇年代前半にかけてのこと。正統派ＳＦの第一人者といえば、ラリイ・ニーヴンのことであった。彼こそ、パルプ雑誌の時代、第一黄金期、そしてニュー・ウェーブ運動の時代を経たあとの、現代的なサイエンス・フィクションの基礎を築いたＳＦ作家の一人だと言っても過言ではない。

　その作品の特長は、なんと言っても奇抜な発想とそれを支える論理的な設定の妙にある。彼は異星人や異星生物、異星の環境から巨大建造物にいたるまで、我々がまだ見たこともない〝不思議な光景〟を現出させてくれる。それこそまさにＳＦの持つ〝センス・オブ・ワンダー〟の、おもちゃ箱のような無邪気で溌剌（はつらつ）とした発露にほかならず、今もなお輝きを失っていない。

　本書はニーヴンの数ある作品の中から、ヒューゴー賞受賞作、星雲賞受賞作を含む選りすぐりの短篇を一冊に集めた日本独自の短篇集である。SFファン諸氏におかれては、今一度、ニーヴンの描く驚異の世界をお楽しみいただきたい。

ラリイ・ニーヴンは、一九三八年、カリフォルニア州ロサンゼルス生まれ。大学では数学を専攻、大学院にも一年だけ進んだらしいが、一九六四年、二十六歳で〈イフ〉誌に掲載された短篇「いちばん寒い場所」で作家デビュー、その後、立て続けに作品を発表し、一躍SF界の若き寵児となった。

そんなニーヴンの作品群の中でももっとも有名なのが、デビュー作を含む〈ノウンスペース〉シリーズと呼ばれる連作だろう。それは、人類が太陽系内の開発に乗り出してから、太陽系の外へと進出、幾多の異星人たちと遭遇しつつ、その版図を広げていくに至るまでを描いた未来史を構成している。そこに描き出されるさまざまな世界の奇景や、奇妙な生態の異星人たちの描写こそ、ニーヴンの真骨頂であり、今もなおSFファンを魅了してやまないものだ。特に、地球の公転軌道半径とほぼ同じ半径を持つ超巨大人工建造物〝リングワールド〟を舞台に繰り広げられる大冒険を描いた〈リングワールド〉シリーズ（一九七〇～二〇〇四年）は、〈ノウンスペース〉もののシリーズ内シリーズであり、ニーヴンの代表作としてSFファンに愛され続けている。

またニーヴンは、一九七〇年代半ば以降はほかの作家との共作も盛んに行なうようになり、その作風にはアイデアの豊富さにドラマ性の高さも加わるようになっていった。特に、ジェリー・パーネルとの共作の数々は、そのリーダビリティの高さからか、SFファンのみならず一般にも人気を得てベストセラーとなり、二人の名を大いに高めた。中でも『神の目の小さな塵』（一九七四年）は、ニーヴンお得意の異様な異星人造形とパーネル作品の特長であるミリタリーSFらしい冒険活劇とが見事に溶け合い、優れたリーダビリティを持った宇宙冒険SFとなっていて評価が高い。また、スティーヴン・バーンズと共作した〈ドリーム・パーク〉シリーズ（一九八一〜二〇一一年）は、テーマパークの高度化やRPGの普及などといった、今日の娯楽産業を巡るトピックスをいち早く取り入れた、先見性の高い娯楽作となっている。

なによりすごいのは（冒頭ではその最盛期を過去形で書いてしまったが）、ニーヴンは今も健筆を振るい続けているところだ。最新作であるグレゴリイ・ベンフォードと共作した二部作、*Bowl of Heaven*（二〇一二年）と*Shipstar*（二〇一四年）では、リングワールドに勝るとも劣らぬ気宇壮大な人工天体を登場させて、ファンを喜ばせている。老いてもその想像力はますます盛んであるといえるだろう。

さて、このあたりで本書収録作について言及しておこう。

1　帝国の遺物　小隅黎訳　A Relic of the Empire（一九六六年）　ハヤカワ文庫SF『中

性子星』に収録
〈ノウンスペース〉シリーズの一篇。一九八一年度星雲賞海外短篇部門受賞作。クライマックスに登場するSF的な仕掛けは、まさにニーヴンらしさに溢れた豪快なイメージなのがすばらしい。

2　**中性子星**　小隅黎訳　Neutron Star（一九六六年）ハヤカワ文庫SF『中性子星』に収録
〈ノウンスペース〉シリーズの一篇。一九六七年度ヒューゴー賞短篇部門受賞作。超高密度を持つ中性子星近傍からの脱出劇をスリリングに描いた、旧来のスペースオペラとも、ごりごりのハードSFとも違う、リアリティに満ちた宇宙活劇の快作。重力よりも恐い力が主人公を待ち受けているのだが、その正体は本篇を読んでのお楽しみ。ちなみに、本作の主人公ベーオウルフ・シェイファーは、ほかにもいくつもの短篇に登場する〈ノウンスペース〉世界での重要キャラの一人であり、ニーヴンの代表的長篇である『リングワールド』とその続篇群の主人公ルイス・ウーの義父でもある。

3　**太陽系辺境空域**（ソル）　小隅黎訳　The Borderland of Sol（一九七五年）ハヤカワ文庫SF『太陽系辺境空域』に収録

〈ノウンスペース〉シリーズの一篇。一九七六年度ヒューゴー賞中篇部門受賞作。これもまたベーオウルフが主人公を務める作品で、太陽系外縁部で起こった謎の宇宙船消失事件を追うことになった彼が、驚くべき真相に遭遇する。「中性子星」以上にアクション要素の高い力作。

4　**無常の月**　小隅黎訳　Inconstant Moon（一九七一年）ハヤカワ文庫ＳＦ『無常の月』に収録

一九七二年度ヒューゴー賞短篇部門受賞作。一九七九年度星雲賞海外短篇部門受賞作。突然の美しい光景から、人々を襲うであろう絶望的な運命が提示されていくさまを鮮やかに描いた、切れ味鋭い見事な短篇ＳＦ。

5　**ホール・マン**　小隅黎訳　The Hole Man（一九七四年）ハヤカワ文庫ＳＦ『ＳＦマガジン７００［海外篇］』に収録

一九七五年度ヒューゴー賞短篇部門受賞作。火星で異星人の基地を見つけた探検隊が、とんでもない事態を引き起こしてしまう。最初の一文の意味が解き明かされるラストが強烈。実は、「太陽系辺境空域」とネタが若干かぶっているところはご愛敬。

6　**終末も遠くない**　伊藤典夫訳　Not Long Before the End　（一九六九年）　ハヤカワ文庫ＳＦ『無常の月』に収録

ニーヴンのもうひとつの有名な連作、〈ウォーロック〉シリーズの第一作。一見、剣と魔法の世界を舞台にした典型的なファンタジイなのだが、そこはニーヴンのこと、妙に論理的なひねりのある設定が加わっていて、〝おもしろうてやがてかなしき〟悲喜劇となっている。

7　**馬を生け捕れ！**　伊藤典夫訳　Get a Horse!　（一九六九年）　ＳＦマガジン一九七二年九月号に掲載

こちらもニーヴンらしい笑いに満ちた連作、〈タイムハンター・スヴェッツ〉シリーズの一篇。この連作は、毎回、主人公のスヴェッツが過去にタイムトラベルして希少な動物を捕獲しようとするのだが、そのたびにとんでもない生き物に出くわしてしまうというドタバタコメディで、その生き物の正体が明示されていなくて、主人公たちもわかっていないものの、ファンタジイの好きな読者には自明なところがミソ。

実は、本書が編まれた背景には、本書収録の「無常の月」の映画化が現在進行中だということがある。先年、テッド・チャンの「あなたの人生の物語」を見事に映像化して話題となった映画《メッセージ》を製作したショーン・レヴィ（《ナイト　ミュージアム》や《リアル・スティール》などの監督としても名高い）がやはり製作を担当、《人生はローリングストーン》や《ザ・サークル》のジェームズ・ポンソルトが監督をすることになっている。レヴィはキャリア初期はコメディの監督業が中心だったが、近年は《メッセージ》はもちろん、ネットフリックスの連続怪奇ＳＦドラマ《ストレンジャー・シングス　未知の世界》など、シリアスなＳＦ作品の製作を精力的に行なっていて、今作も期待が高い。一方のポンソルトはこれまでリアルかつシリアスな作品を監督してきた人で、本格的なＳＦの監督はこれが初めて。このコンビがどんな形で「無常の月」を映像化するのか、今から実に楽しみなところだ。

二〇一八年二月

〈訳者略歴〉
小隅黎　1926年生，2010年没，1950年東京工業大学機械科卒，ＳＦ研究家・作家・翻訳家　訳書『リングワールド』ニーヴン（早川書房刊）他多数
伊藤典夫　1942年生，英米文学翻訳家　訳書『2001年宇宙の旅〔決定版〕』クラーク（早川書房刊）他多数

HM=Hayakawa Mystery
SF=Science Fiction
JA=Japanese Author
NV=Novel
NF=Nonfiction
FT=Fantasy

ザ・ベスト・オブ・ラリイ・ニーヴン

無常の月

〈SF2173〉

二〇一八年三月十日　印刷
二〇一八年三月十五日　発行

（定価はカバーに表示してあります）

著者　ラリイ・ニーヴン
訳者　小隅黎
　　　伊藤典夫
発行者　早川浩
発行所　株式会社　早川書房
郵便番号　一〇一‐〇〇四六
東京都千代田区神田多町二ノ二
電話　〇三‐三二五二‐三一一一（大代表）
振替　〇〇一六〇‐三‐四七七九九
http://www.hayakawa-online.co.jp

乱丁・落丁本は小社制作部宛お送り下さい。
送料小社負担にてお取りかえいたします。

印刷・株式会社亨有堂印刷所　製本・株式会社川島製本所
Printed and bound in Japan
ISBN978-4-15-012173-0 C0197

本書は活字が大きく読みやすい〈トールサイズ〉です。